犬たちの状態

犬たちの状態

小説 太田靖久
写真 金川晋吾

フィルムアート社

目次

尻尾が自然と動いてしまうから犬は喜びを隠せない

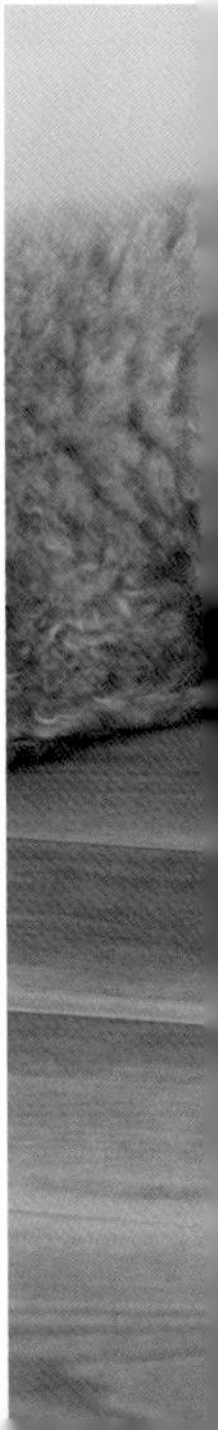

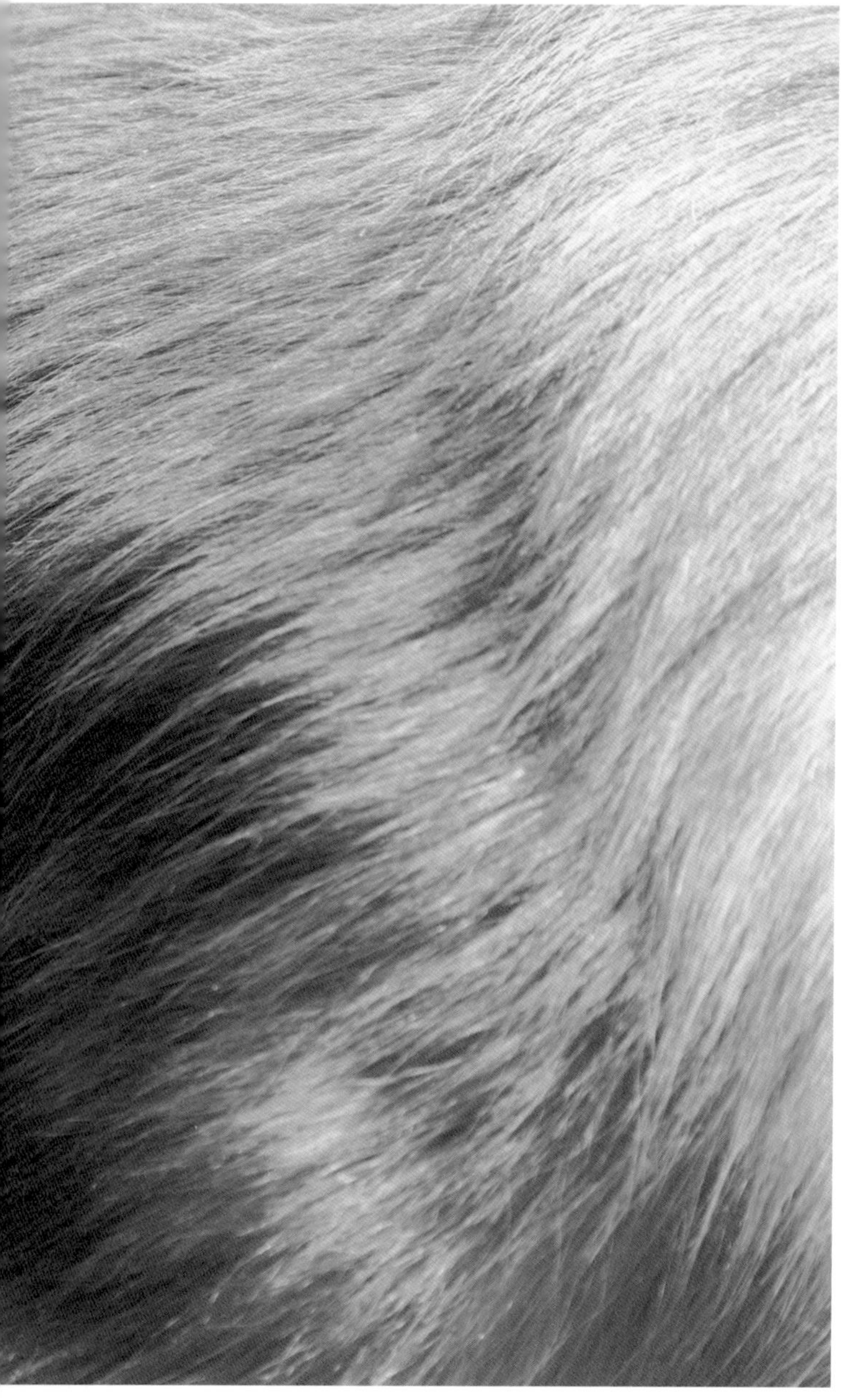

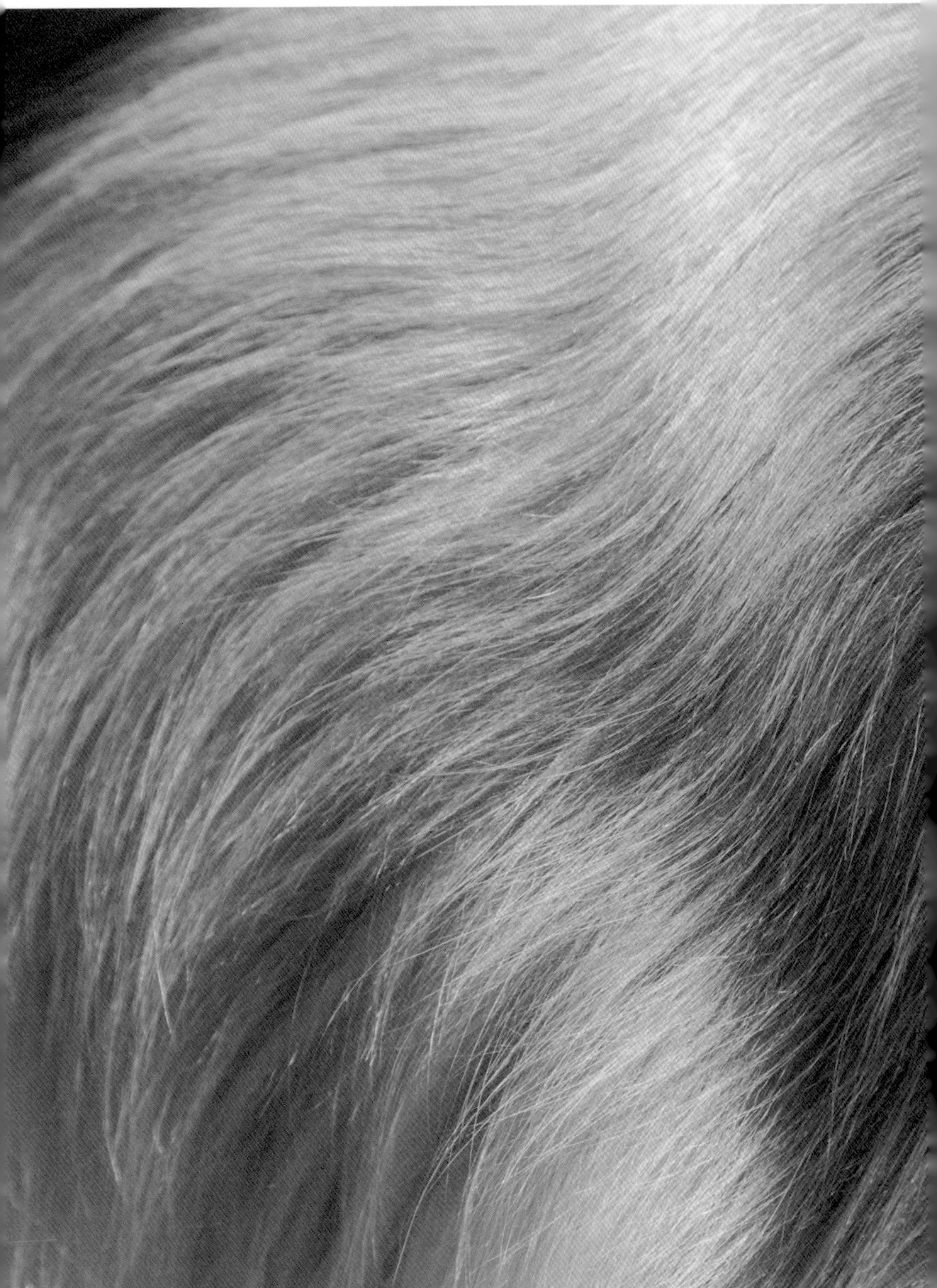

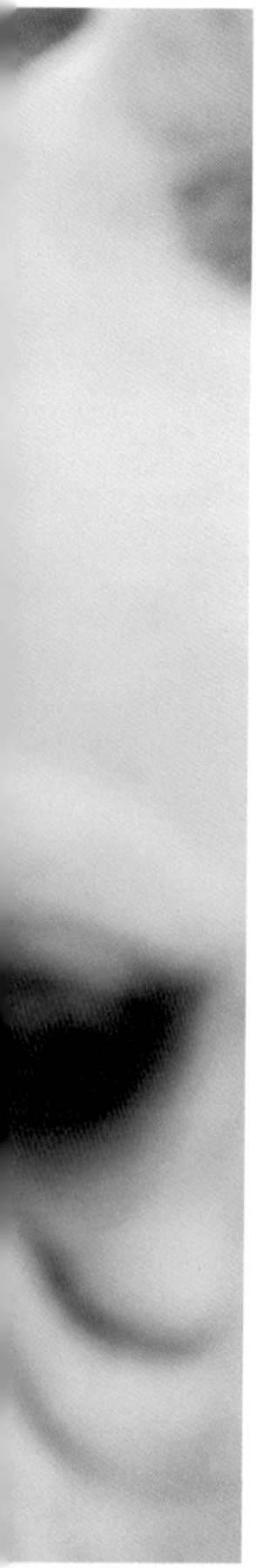

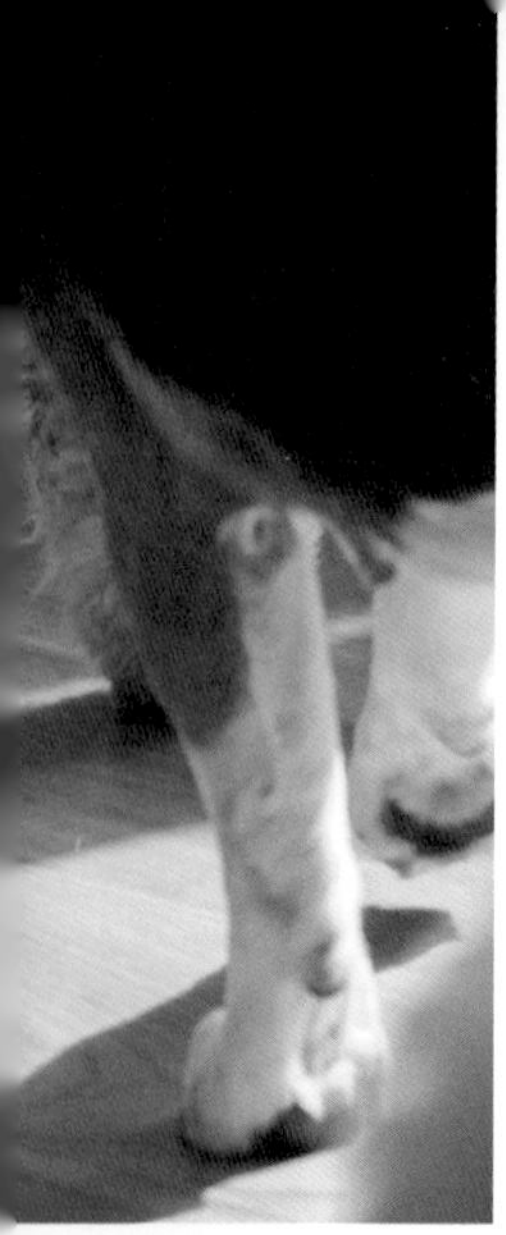
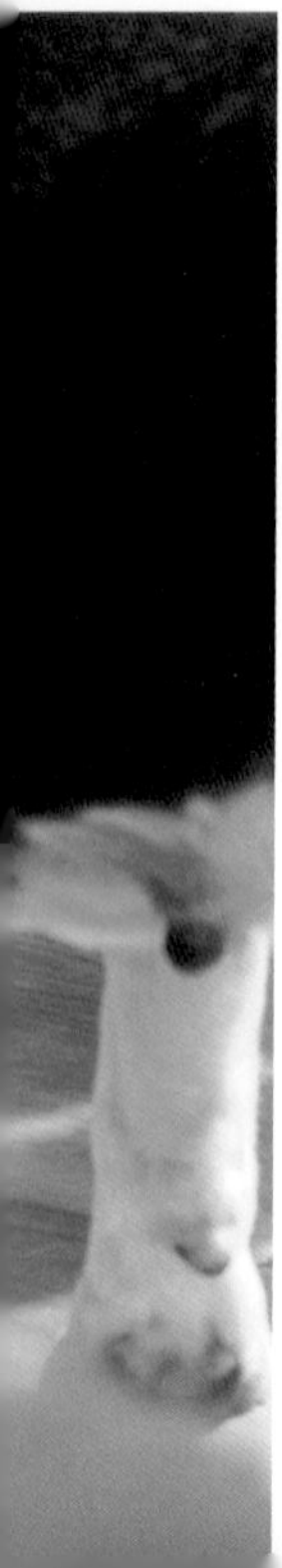

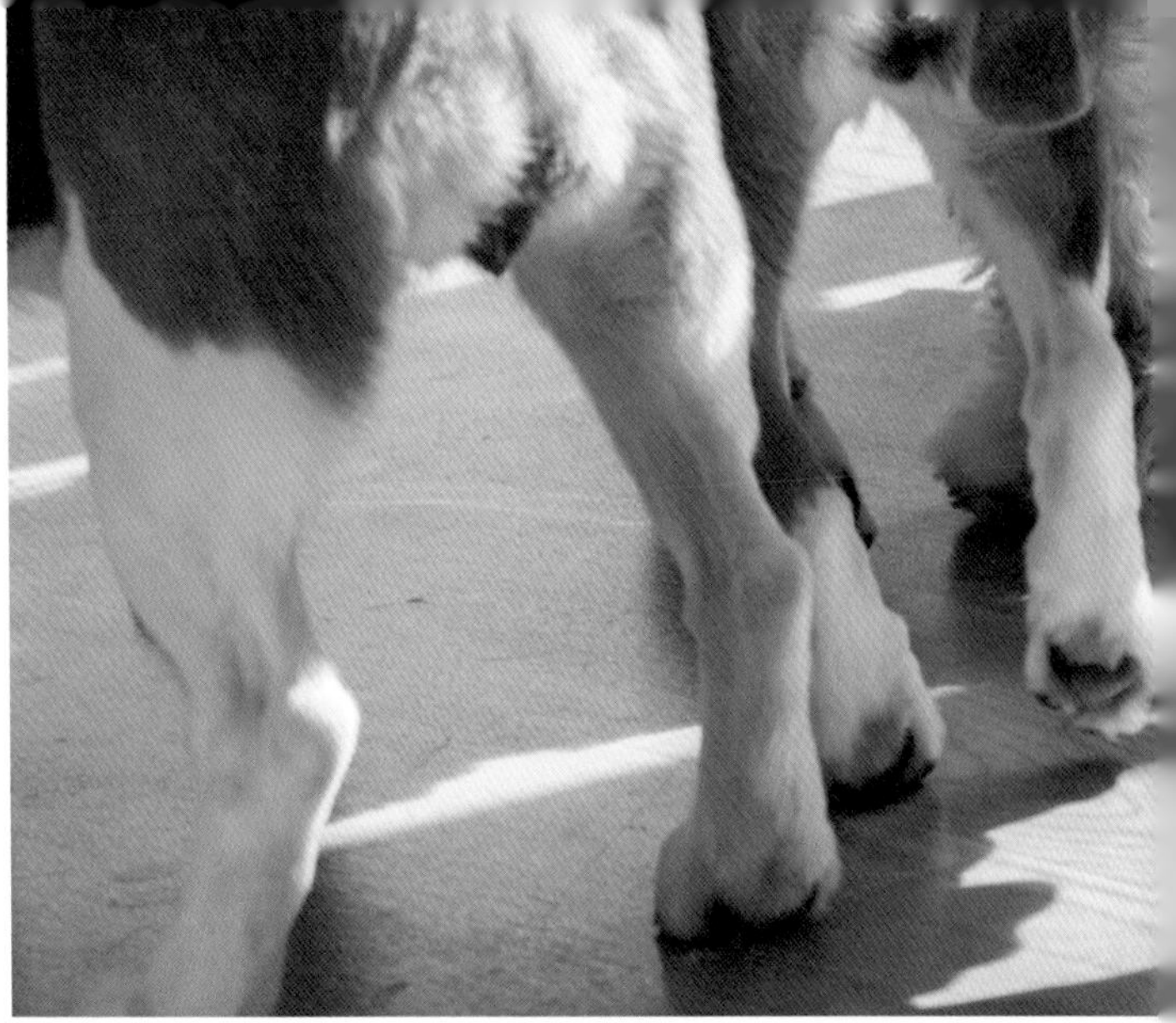

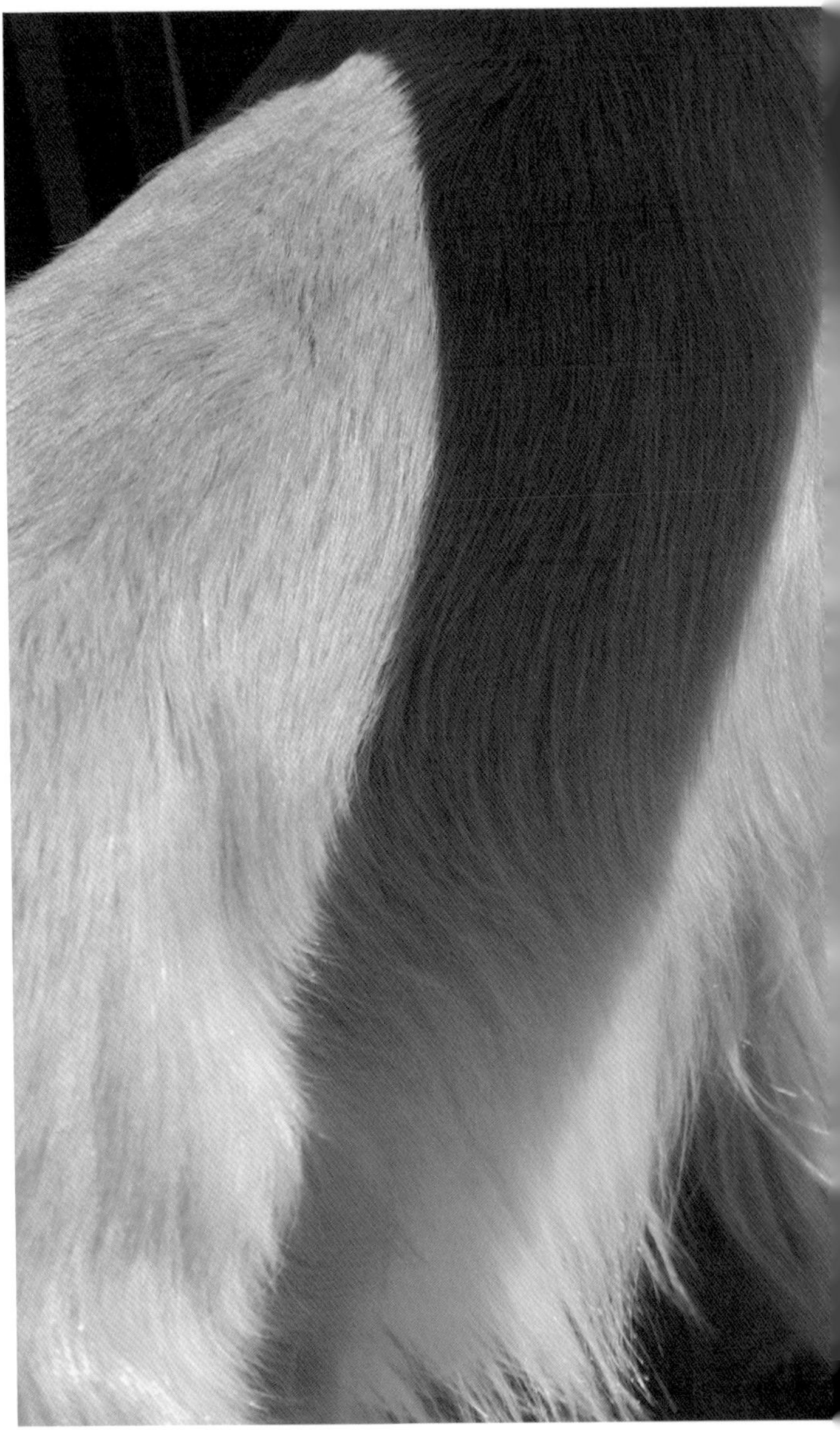

犬は犬を嗅ぐ

1

俺はベビーカーを卒業するのがとても遅かった。

小学校に入学してからも家族と出かける際は駄々をこね、両親に大型のベビーカーを押してもらっていた。幸いなことに俺は身長が低く細身だったため、両腕を少し前に折りたたむようにすればどうにか収まることができた。

同年代の子供たちと比べて華奢ではあったが、成長が遅かったわけではない。歩きはじめたのも言葉を発したのも平均よりずっとはやかったというし、両親が服を着替えさせようとするとその手を乱暴に振り払ったりして、自立心が非常に強かったらしい。

単なる怠け者だったわけでもない。学年で一番足が速いスポーツマンだったたし、勉強にも熱心に取り組み、家の手伝いも積極的にする模範的な子供だった。だからこそ、両親も俺のわがままを許してくれていたのだろう。大きな欠点が見当たらない我が息子の申し出をある種の愛らしさとして受け止め、微笑ましく見守ってくれていたに違いない。

ベビーカーの良いところはたくさんある。大きな点はふたつだ。まずひとつめ

036

は、自分は何もせずに街中を移動でき、風景を見ることに集中できる点。そしてふたつめは、「下から目線」であるという点だ。

ベビーカーに深く沈み込むと、視界の多くは自然と空になる。雲は風の速度に合わせて流れ、太陽は徐々に傾き、輝きの具合を変化させる。

世間で流布している言葉に「上から目線」というのはあるが、「下から目線」に言及している人はいるだろうか。「上から目線」を有する者は傲慢な態度を示すため往々にして他者からの反感を買う。その一方、「下から目線」はどうだろう。

よだれかけを着け、まだ頭髪も生えそろっていない幼い俺に対し、大人たちは膝を折って目線を合わせ、優しく話しかけてきたという。しかし時が経ち、大人たちの言葉の多くを理解する小学生がベビーカーに乗っているのだと認めた時には、軽蔑の視線とともに攻撃性のようなものを向けてくる場合さえあった。

俺は単に「下から目線」で見ているだけなのだが、なぜそんなに気に入らないのだろう。そういった人々には絶対に心を開かないようにして睨みつけることもあった。「ベビーカー」という名称のせいで彼ら彼女らは判断力を失っているのだ。「ベビーカー」は「ベビー」だけの乗り物だと法律で定められているわけではない。

近年、性を特定するような固有名詞や呼称の多くは排除される傾向にあり、セクシャリティに関する配慮は日々繊細になっている。そんな世界において「ベビー」とは人間のどの状態を指すのか、そこに差別はないのかと、検証する必要がありそうだ。

セクシャルマイノリティの中には自らの境遇に自覚的で、世間の理不尽さと戦える人もいるのかもしれないが、「ベビー」の多くは語彙も経験も足りず、権利や尊厳を声高に叫ぶ術を知らない。だからこそ俺は「ベビー」たちのためにも偏見を持った人々を敵視したのだと、三十代半ばになった今は説明できる。

さすがにもうベビーカーに乗ることはないが、あのころの気持ちはあざやかに思い出せる。俺を奇異な目で見なかったもの、それは人間よりも圧倒的に犬たちだった。

犬には小型犬、中型犬、大型犬と種類があるが、大人よりもずっと目線が近く、犬たちの態度は平等に感じられた。もちろんすべての犬が友好的だったわけではない。俺のことを好きな犬もいれば嫌いな犬もいたと思う。でもそれは単に犬たちの嗜好の問題であって、視野の狭いゆがんだ思考の表れでは決してなかったのだ。

俺がベビーカーに乗って街にくり出すタイミングで、隣の家で飼われているビーグルが散歩に出かけ、道で遭遇する時があった。その犬を連れた牧野という中年の女性は、「うちの犬は散歩が大好きだから毎日連れ出してあげないとストレスでむだ吠えする」と笑った。その犬の気持ちを俺はよく理解できた。雨が一週間ほど続き、ベビーカーに乗って外出できないとひどく機嫌が悪くなったものだ。

牧野という女性は太っていて動作が鈍かった。ビーグルは彼女を引きずるようにして力強く前進した。赤いリードが張りつめて苦しそうにも見えたが、外に出られたことの喜びの方がずっと勝っているようで、犬が首元を気にしている素振りはなかった。

犬はベビーカーに前足をひっかけると、さかんに鼻を鳴らした。俺の匂いを嗅いでいるのだ。とても嬉しかった。この犬は匂いを嗅ぐことによって、俺というこの世にたったひとりの存在を把握しようと懸命に努めているのだ。

俺の匂いは俺だけが放つことのできるまぎれもない個性だ。そのことを犬たちは知っている。「ベビー」と呼ばれなくなった俺が「ベビーカー」に乗っているという些末な事象になど、まったく注意を払っていないし、気をとられていないのだ。

ベビーカーに勢いよく飛び込んできた犬に、匂いを嗅がせた。頭をさげて髪の匂いを教え、頬を舐めさせ、腕に抱いた。犬は尻尾を振って暴れた。両親は慌てて犬を引きずり出そうとしたし、牧野という女性も恐縮していたが、俺自身はまったく困惑してはいなかった。

犬にならい、犬の身体に顔を押しつけた。思い切り息を吸う。その犬の匂いは鼻の奥をしびれさせた。犬の個体を識別できるほどの高度な嗅覚は持ち合わせていないため、単に犬臭いとしか感じなかった。

牧野という女性は犬をたしなめ、ベビーカーから出した。

「なんでも嗅ぐんだから。みっともない。ごめんね。びっくりしたでしょ？」

俺はくやしさを嚙みしめていた。犬と同じような「下から目線」にはなれても、互いの匂いを嗅いでそれぞれ認め合うという儀式ができなかったからだ。向こうは俺を嗅いだといえるが、俺は本当の意味で向こうを嗅いだとはいえないのではないか。

ベビーカーを降りた。もう二度とベビーカーには乗らないと決めた。両親は俺が泣き出すのではないかと動揺し、優しい声で慰めた。

牧野という女性の手からたくみに逃げ出した犬は俺の足にからみつき、鼻を鳴らし続けている。十分匂いを嗅いだはずなのにまだ足りないのだろうか。もっと深く俺のことを理解しようとしてくれているのかもしれない。


仕事帰りに駅の改札を出ると、ビーグルが路地を曲がる後ろ姿が見えた。牧野さんの犬を思い出した。それと同時に、『ザ・ロイヤル・テネンバウムズ』という映画に登場した犬は確かビーグルだったはずだと連想した。あの映画にはクセのあるキャラクターしかいないが、その中で唯一、犬だけがまともだった気がする。ヒゲをそる男たちの後ろ姿を見守っているシーンがあったはずだ。

家に着くと妻は臥せっていた。間もなく冬がはじまるこの時期に季節外れの台風が迫っている、そのせいで気圧が激しく乱れているのだと、今朝の彼女はみけんにシワを寄せ、こめかみを押さえていた。

俺は部屋着に着替えたあと、静かに食事を済ませ、『ザ・ロイヤル・テネンバウムズ』の予告編をネットで探し出した。その映像の中でビーグルが映る時間はわずかだが、ヒゲをそる男たちの後ろに確かに存在していた。唯一覚えているシーンだ。その瞬間、俺は自分の過去を疑った。

俺はこの映画を本当に観たのだろうか。予告編をどこかで観ただけで本編は何も知らないのではないか。

身体の芯から震えが起きた。俺は本当にスポーツマンであり、模範的な子供だったのだろうか。着古したスウェットのそでに鼻を強く押しつけた。この匂いが一体誰のものなのか、まるで見当がつかなかった。

犬を見ている犬を見ている犬

2

映画館の映写室にいると、自分が特権的な地位を獲得している気持ちになる。暗がりに身を潜め、パイプ椅子に浅く腰かけて足をくむ。隣に鎮座するフィルム映写機は大きな音を立てながら熱と強い光を放ち、窓ガラスの向こうでは物語が続いている。でもそれは白いスクリーンの平面に映し出されたただの映像にすぎない。そこには血の通った生き物は存在していない。

映画愛好家の中には何度も同じ作品を鑑賞する人もいるのだろうが、多くの人は一度で十分だと考えるだろう。いわゆる「ネタバレ」は嫌われる傾向にあるから、事前に情報を仕入れないように努めるのが一般的で、大半の観客は物語の展開を知らないはずだ。

それなりの時間を映写室で過ごす俺の目は暗闇に慣れている。劇場内の最前列の左端に座る女性のメガネのレンズが時々光る様はおろか、彼女が自分の髪をさかんにいじっていることもしっかり見えている。彼女は映画に夢中になっているようだ。娘の同級生の男の子に恋をする孤独なヒロインの姿に自らの境遇を重ね、ほとんど無意識に落ち着きなく髪を触り続けてしまっているのだろう。

彼女は今、自分は「見ている側」であって、「見られている側」だとは少しも気づいていないし、彼女がもっとも気になっている物語がどうなるのかも、たぶん知らないはずだ。

他方、文字通り「上から目線」を獲得している俺はすべてを把握している。映像の中のヒロインが次にどんな言葉を口にし、行動に出て、最終的にどうなるのか。名画座と呼ばれるこの映画館で映写技師として働いている俺は、高みにある映写室で何度も同じ映画を観ているのだから。

現在はアニエス・ヴェルダ監督『カンフー・マスター!』が上映されている。この作品には何種類かの犬が登場するが、どれもチョイ役といった程度で、物語のスジとはほとんど関係がない。本作を観終えた人の大半が犬のことなど思い出しはしないだろう。何度も観ている俺だからこそ画面の細部にまで注意が向くようになり、数少ない犬の出番を待ってさえいるのだ。

俺が熱心に目で追っていることを当然ながら映画の中の犬たちは知らない。それは場内の最前列にいる彼女が映写室からの俺の視線に少しも気づいていないのと同じなのかもしれない。

俺は何気なく四方を見渡す。光の中にほこりが舞っている。この瞬間の俺のことを見ている何者かは存在するのだろうか。もし映画の中の犬がこちらに顔を向けたなら、それは俺への視線だと今なら認めてしまう気がした。

この映画の中で最後に登場する犬だけが、映っている時間が少し長い。女の子と一緒に画面の奥から歩いてくる犬は、鎖をはずされ、しばらくするとベンチに寝そべる。女の子が身体を押してベンチから落とすようにして追いやると、犬は画面の手前に寄ってくる。その結果、こちらに近づいてきた錯覚をもたらす。

俺は犬を見ている。犬は俺を見ない。俺は小さな声で呼びかける。

「俺を見てほしい。俺がここにいることをちゃんと知ってほしい」

『カンフー・マスター!』が終わったあと、場内に明かりがともる。最前列に座っていた女性は映画の余韻にひたっているのか、それとも次の作品がはじまるのを待っているのか、立ちあがる気配はない。

百席ほどのこの小さな映画館では、一日のうち、ふたつの作品を交互に上映する。基本的に客の入れ替えはおこなわれない。だから彼女が席を立たなかったとしても何ら不思議はない。でも俺はスクリーンの中の犬に呼びかけたのと同じようにして、彼女に向かって小さく声を発した。

「すぐにロビーに出て。そこで出会う映画館スタッフの男に映画の感想を伝えなさい」

俺は身体の向きを変え、映写室の鉄扉を開ける。「上から目線」の俺の声はあの女性の脳内に響いただろうか。

046

　狭く急な階段を足早に下りる。息が自然と荒くなる。夏の犬をイメージし、口を開けてわざと舌を出した。本能にだけ従う動物になった気持ちだ。俺は彼女に近づきたい。可能ならその足にじゃれつき、今度は「上から目線」ではなく、「下から目線」で彼女を見あげたい。

　階段下の鉄扉は売店内に通じている。俺が勢いよく扉を開けたため、アルバイトの友部くんを驚かせてしまった。彼に短く謝罪し、ロビーを見渡す。メガネをかけたあの女性が劇場からタイミングよく出てくる。

「ありがとうございました」

　俺は彼女に向かって頭をさげる。口先だけの言葉ではない。彼女が今ここに存在することへの心からの謝辞だ。俺より少し若く見える彼女は、世界の悲しみを熟知したうえで陽気に生きることを選んだトイ・プードルのようだった。

　生まれたことは不幸だ、生きることは地獄だ、希望はない、絶望だけがある、でも暗い表情を浮かべたくはない。トイ・プードルはいつもあざやかに跳ねている。あの犬を抱いた時の軽さは驚愕に値する。まるで空気だ。重力という呪縛から解き放たれた天使のような犬種だ。

「ありがとうございました」

　彼女の両親はもとより、そのずっと先祖に至るまで、なるべく遠くまで想像力の射程に置いてイメージし、俺はもう一度そう口にした。彼女の命のはじまりは間違いなく犬だ。あの愛くるしい表情と少しせわしない動き、ボブカットの髪は茶色く染められてパーマがかかっている。容姿も含めてすべてがトイ・プードルそのものだ。

彼女は黄色いトートバッグを肩にかけている。そこには大きく猫の顔が描かれている。アメリカンショートヘアだろうか。猫は目を丸くして大口を開けている。こちらを威嚇するような表情だ。その猫のイラストと目が合っている気分になった。

ためらいが生じた。動揺したことを友部くんに悟られたのか、彼が俺を横目で見た。俺は彼をひと睨みしたあと、売店を出て勢いよく彼女に近づいた。彼女が貸し出し用のブランケットを小脇に抱えていることを察したからだ。

「そちらはお預かりいたします。ご来館ありがとうございます」

彼女が俺を見た。メガネの向こうにはつぶらな黒目があった。やはり猫ではない。それなのに、彼女のスカートの模様は猫型のシルエットが散らばっているデザインだった。ブランケットを受け取りながらさりげなく映画の感想を尋ねると、彼女は微笑んだ。

「素敵ですね、そのトートバッグ。スカートの模様も」と俺も笑顔を返した。

「猫がお好きですか？」

「猫はよくわからないんです。犬のことを考えている時間の方が多くて。今日の映画にも犬が出てきましたが、意識されましたか？」

「みんな優秀なエキストラ。私、犬の方が好きなんです。猫よりもずっと」

「じゃあどうして猫ばかりを？」

「犬みたいな人って猫が好きじゃないですか。だからこういう格好をしていると犬みたいな人が反応するんです。今のこの会話みたいに」

彼女の口角が鋭く上がった。猫みたいな笑い方だった。

俺は誰かに救いを求めるようにして視線を泳がせた。俺と彼女のことを友部くんだけが見ていた。

犬の首は太い

3

ジャック・ラッセル・テリアという犬種を知ったのは、アキ・カウリスマキ監督の『希望のかなた』を観たあと、作品について調べた時だった。映画に出演していたジャック・ラッセル・テリアが監督の愛犬だと知り、感嘆したものだ。

彼の犬への強い愛は自分自身の映画に起用したことでシンプルに明示されているし、愛情表現としても気が利いていると思った。彼の態度から学んだのは、愛している人や事物を撮影して形に残す行為は、自らの愛情を他者に伝える手段として適しているということだ。

そう悟った俺がコンパクトカメラを買いに走り、常時持ち歩くようになったのは、ジャック・ラッセル・テリアという犬種名を覚えたその日であり、カメラを「ジャック」と名付けたのは、自分のカメラをきちんと愛そうと決意したからだった。

仕事場の名画座へと向かう道すがら、「ジャック」をかまえる。その時、俺の中に倫理観のようなものが芽生える。「見る」ということに罪悪感はないのに、「撮影する」となると判断に迷う場合があるのだ。この両手に収まる小さな機械がなぜそのような感情を喚起するのか、不思議でならなかった。

普段はとりとめなく何かを「下から目線」で見あげたり、「上から目線」で見おろしたりするが、「ジャック」で撮影する時は同じ目線のようなものを目指しているのかもしれない。道路に這いつくばったり、少し膝を曲げたり、背伸びしたりする時、俺なりの方法で対象物に寄り添おうとしているのだろう。

たとえば対象が犬の場合、犬が力みなく自然とまっすぐ前を向いている状態がそれにあたる。俺はその犬と静かに対峙し、ゆるやかな動きで同じ目線を獲得する。そうなって初めて「ジャック」のシャッターを切るのだ。

たいていの犬の首は太くて立派だが、肩こりになりやすいらしい。犬が何かを見あげたり見おろしたりする際、首に大きな負担がかかっているのだろう。犬にとって世界は見あげなければならないものか、見おろさなければならないものばかりなのだ。犬が上を向いたり下を向いたりしないで済むような目線の高さにある事物は、なかなか少ないのではないか。


自宅に帰っても俺はカメラを手放さない。ダイニングで夕食をとる妻の姿を頻繁に撮影する。俺は彼女の正面の席に座り、テーブルに両肘をつき、彼女と同じ目線の高さを意識して「ジャック」をかまえる。

彼女はボルシチを食べながら首を傾げて言う。

「ねえ、『犬』を介さないと直視できないわけ？」

俺はカメラを「ジャック」と名付けたが、彼女はそれをさらに変化させて「犬」と呼んでいた。

「だって『ジャック』は『犬』のことでしょ？」

「それはそうだけど。『カメラ』が『犬』だなんて俺たちにしかわからない話だよ」

「人と人との関係性を説明するのってすごく難しい。私たちが何をきっかけにして出会ってどこでデートしていつ婚姻届を出してって、そういったことは日付を添えて箇条書きできるけど、それだけで私たちの関係性がまっとうに説明できているわけではないじゃない？」

「そうだね。忘れてしまったことも多いし」

「あなたは私を覚えておくためにも『犬』が絶対に必要なんでしょ？」

「それは君を愛しているからだし、愛していることを君に伝えたいからだ」

「でもそれって卑怯でしょ。『カメラ』も『犬』も『言葉』も存在しない場所では通用しない」

「それはあまりに極端な考え方だ。現にこの世界には『カメラ』も『犬』も『言葉』もあるじゃないか。ボルシチだってそう。その料理は君の舌を喜ばせ、おなかを満たし、身体を支える骨や血肉になるんだ。そのことを否定しないでほしい」

俺はすでに「ジャック」をかまえることを止めていた。彼女の目線は同じ高さにあったが、これが本当に同じ目線なのかどうか不安になった。ふたりの間に「ジャック」を置けばわかるのかもしれないが、この状況でカメラを向けたら彼女は余計に苛立ちを示すだろう。

今この瞬間に使えるツールは何か。「カメラ」はダメだ。「犬」もいない。「言葉」しかない。でもその肝心の「言葉」が上手く出てこない。

長い沈黙のあと、俺は早口になった。

「君に世界を限定してほしくないんだ。世の中は何かを選択させる問いで満ちているけど、額面通りに受け取る必要なんてない。『小型犬、中型犬、大型犬の中でどれが好きですか？』と訊かれた時に、『全部好き』って答えたっていいじゃないか。『朝の犬が良いですか、昼の犬が良いですか、夜の犬が良いですか？』と提示された時には、『朝の犬も昼の犬も夜の犬も良い』と胸を張りたいんだ。もちろん真夜中の犬も早朝の犬もいつだって素晴らしい。そうやって問いの選択肢そのものをこっちが増やしてみせたっていいんだ。不可視だった可能性を可視化させてきちんと示すこと、そういった態度が人々に同じ目線をもたらす」

「あなたって同じ目線を主張しているわりに随分『上から目線』な感じの物言いだけど。それで平気？」

「自分の考えをわかってもらうってこういうことだろ？」

「ここは映画館の映写室じゃない。私はあなたが知っているセリフをなぞったりはしないし、脚本に記された通りの行動に出たりもしない。毎回観るたびに物語が変化していく映画があったら魅力的なのかもね」

「タイムリープは昨今の流行りの設定だ」

「みんながそれを求めているんだもん。必然でしょ?」

「何が言いたいんだ?」

「さあね、わかってもらうってこういうことでしょ?」

彼女はボルシチをスプーンでひとすくいしてゆっくり咀嚼した。

「あなたの首って結構太いよね。メタルとかハードロック系のボーカリストの首みたい」

「歌は下手だ」

「遠吠えしてみてよ、犬みたいに」

俺は唇をとがらせ、喉を震わせて高い声を出した。

「そんな風にいつも悲しい声で吠えていればかわいいのに」と彼女は笑った。

俺は彼女の揶揄を無視して遠吠えを続けた。街中の犬たちが俺の鳴き声を聞きつけてここに集まればいいのにと願っていた。

彼女は腕を伸ばし、俺の喉に触れる。

「ビリビリしてる。ちゃんと生きてるって感じ」

俺は遠吠えを止めた。「そろそろたくさんの犬がここに到着するよ」

彼女は腕をひっこめ、素早く視線をそらした。遠くから迫り来る犬たちの足音を聞きわけているのかもしれない。注意深く耳をそばだてているような真剣な表情だ。

彼女の顔を写真に収めたかったが、きっと「ジャック」をかまえた途端、この心地良い緊張感は壊れてしまう。この瞬間を形に残すことは絶対にできないのだろう。そう思うと怖くて、少しも動くことができなかった。

犬の尻尾が不規則に揺れている

4

離婚を決意した人は、それを相手に切り出すまでに平均してどれくらいの時間を必要とするものだろうか。「熟年離婚」などという言葉もあるが、何十年も耐え忍んだ末に相手が弱ったタイミングで復讐のごとくそのカードを切る場合もあるだろうし、食後のデザートをふいに変更するようにして、思いつきのような態度で別れを告げることもあるのかもしれない。

ただどんなシチュエーションにしろ、結論はたったふたつしかない。その意志を相手が受け入れるか、断るか。その時、人は別れの理由を説明すべきなのだろうか。一度くだされた結論がくつがえることはあるのだろうか。

俺と妻の場合、「離婚」という言葉を持ち出したのは彼女の方だった。

「悪い部分があるなら直すよ」とふいを突かれた俺は動揺した。「すべて箇条書きにしてよ。一日につきひとつずつ、きちんと消化していくから」

彼女は笑った。そして数時間前に彼女が口にした言葉を再度くり返した。

「成犬になってもその手の遊びが好きな犬もいれば飽きてしまう犬もいる」と。

060

彼女が俺の職場の名画座に来たのは久しぶりだった。事前に連絡もなく、内心はとても驚いていたが、態度には出さないように注意した。幸いなことに、アメリカンショートヘアのトートバッグを持った例の女性は来館していなかったので、気持ちが浮ついておらず、妻にすぐ気づくことができた。

彼女は特別変わった様子はなかった。明るくもないし、暗くもない。チケット代を払おうとする彼女の手を俺はつかんだ。

「いつだって君はタダだよ。俺がここに存在する限りね。忠犬のごとく君のことを待ち続けているんだから」

「私ね、あなたのそんな言葉を素直に喜べたこともあったし、酔うこともできた。子犬時分に夢中でボールを追いかけたみたいにね。成犬になってもその手の遊びが好きな犬もいれば飽きてしまう犬もいる。その選択は犬自身にもコントロールできない領域なのかもしれない」

彼女はお金を友部くんに渡した。彼は俺の顔を見て戸惑いの表情を浮かべたが、俺が何度かうなずくと、それをレジスターに入れて発券した。今日の最終上映はスパイク・リー監督の『25時』だった。

「映画が終わったらロビーで少し待っていてほしい。仕事をすぐに片付けるから。一緒にどこかで何か食べよう」

ブザーが鳴った。本編前の予告がはじまり、劇場から音楽が漏れ聴こえてくる。

「今は君の隣の席に座ることはできない。だけど映写室で観ているよ。同じ時間を共有しよう」

彼女は首に巻いていたベージュのカシミアのマフラーをといた。喉をきちんと開くための儀式のようでもあったし、犬が自らの首輪をはずした仕草にも思えた。

「婚約する前に私の父親に会いに実家に来た時があったでしょ。あなたは犬のネクタイをしてた。怖い顔のやつ」

「ピットブルは大型の闘犬だ。この『25時』に出てくるのと同じだよ。原作と違って映画に出演しているのは雑種かもしれないけどね。ほら、ポスターにも写っている黒と白の犬。結婚を反対された時は君のお父さんと闘うつもりだったから気合を入れるために選んだんだ」

「あの時は気にならなかったし、私もむしろちょっとおもしろがっていた部分もあったくらい。でも今になって思い出すとね、すごく不快。真剣な場にあんなふざけたガラのネクタイ」

「今それを言うのは卑怯だ。過去は変えられないし、間違いのない人生なんてあり得ないだろ？」

「納得できることを言われたからって納得するとは限らない」

「ずるい。納得したなら納得してよ」

「ねえ、過去に戻ってもう一度私の父親に会いに行くとしたら、あのネクタイを選ぶ?」

「今の君が嫌がることをしたいとは思わない」

「でもあのピットブルのネクタイこそが私の父親の胸を打った可能性だってある」

「絶対にない。あのネクタイは俺にとってだけ意味があったんだ」

「違う。私にとっても意味があったということ。時間を経て意味が生まれてしまったって言い方が正確かもしれないけどね」

俺は視線をそらした。友部くんが劇場のドアを半開きにした状態で押さえていた。

「映画がはじまるよ」

「あのネクタイ、今もとっておいてある? もしあなたがあのネクタイを今も大切に思っているのだとしたらギリギリ可能性は残されているのかもしれない」

「たぶん捨てた。あんな変なガラのネクタイ」

彼女は声を出して笑い、手を叩いた。その所作には、夢中でボールを追いかける子犬のような無邪気さが宿っていた。俺が好きな彼女だった。

「成犬になってもその手の遊びが好きな犬もいれば飽きてしまう犬もいる」

彼女からそのフレーズを聞いた時、一度目はそれほど意識しなかったが、二度目は少し違った。彼女が深い意味を込めている気がしたからだ。ただそれが一体何なのかはわからなかった。俺たちは無言になった。

かつてはよくふたりで通ったカフェバーを過ぎた。夜中でも客が絶えない人気のイタリアンレストランにも彼女は興味を示さない。塩ラーメンが看板メニューのラーメン屋の換気扇から濃厚な香りがただよい、真冬の風に乗って流れてくる。

彼女はコンビニに入った。カウンターに向かい、おでんを注文しはじめた。彼女の意外な行動を俺は店外からただ見守っていた。

「ドッグランに行こう」

コンビニから出てきた彼女は湯気がのぼる器を両手で支えていた。すぐ裏手に大きな公園があり、その中にドッグランがあるらしい。

「この時間に犬なんていないよ。それよりもどういうことだ。別れようだなんて」

彼女は器に口をつけてツユをひと飲みしてから歩き出した。公園の入口の門は開いていた。照明がいくつかあるが、背の高い木々が影を作っていてうす暗い。俺は自動販売機で温かいココアを買い、スチール缶を強く握りしめた。

曲がりくねった歩道を行く。ドッグランのフェンスの外側に設置されたベンチに背もたれはない。石のベンチは冷えきっていて、ふとももからの震えが全身に素早く広がった。

「ねえ、『25時』ってけっこうシリアスな映画だよね？　でも主人公が飼っている犬だけはさ、上機嫌に見える。喜んでいるのか興奮しているのか理由はわからないけど、たいてい尻尾を振っているから。犬だけが、ううん、正確には、あの不規則に揺れている犬の尻尾だけが、私には信じられるように思う」

「あの犬は演技が下手なだけだ。それはもちろん愛嬌でもあるけど」

ドッグランは空っぽだった。犬たちの姿をイメージしようとしたが、寒さのせいもあって集中できなかった。俺は立ちあがった。彼女はフェンスの向こうを指さす。

「どの犬も尻尾を振ってる」

「犬はもういい。俺たちの話をしよう」

ふたりの関係はもうダメになってしまったということくらい、俺にもわかっていた。

ダッフルコートのポケットから「ジャック」を取り出し、シャッターを切った。フラッシュがたかれた一瞬だけ、ドッグランの中で躍動する犬たちの姿が見えた気がした。

犬の熱い舌

5

風景に架空の事物を重ねるのは、誰もがたびたびする妄想だろう。渋滞の車の隙間を忍者がさっそうと走っていく様をイメージしたり、満員電車にゾンビがまぎれているのを発見した気になったり、柳の木の下の暗がりに幽霊がいると思い込んでみたりする。そうやって見飽きた日常の景色に自ら刺激を与えて気分を変えようとするのは、一種の現実逃避なのかもしれない。

離婚届を置いて家を出て行った妻を追いかける気力は湧かなかった。仕事を終えて家に帰るまでの道すがら、様々な幻影がとりとめなく眼前に現れる。国道沿いの歩道で犬の匂いをかすかに嗅ぎとった気がした。この匂いもただの錯覚だろうかといぶかしみながら、辺りに視線を投げた。

駐車場のある大型のドラッグストアの入口近くにジャーマン・シェパードが座っていた。リードが銀のポールに巻かれ、犬は店内に顔を向けて鳴いている。その細く甲高い声を聞いていると、犬の寂しさや不安が伝わってくるようだった。自然と犬に近づき、地面に片膝をついて目線を合わせた。犬の背中をなでながら小さくささやく。

「残念だが生き残ったのは俺たちだけのようだ」

『アイ・アム・レジェンド』という映画は、殺人ウィルスの拡散により自分以外の人間が絶滅したと考えている孤独な主人公の物語で、彼は廃墟と化したニューヨークの街で唯一のパートナーである愛犬のシェパードと暮らしている。

この映画のような設定を俺も小さいころからイメージして遊んでいた。自分以外の他者がすべて消えた世界でひとり生きるという妄想は、忍者やゾンビや幽霊を幻視することと似ている。

犬は鳴き止み、顔を舐めてきた。熱く湿った舌が頬にあたった瞬間、結婚を決意した夜のことを思い出した。つき合って三年目の記念日だった。夜の公園で彼女にキスした時、その感触がいつもとは違う気がした。互いの身体の芯が熱くなったのを感じて、思わずプロポーズしていた。

あの公園にもドッグランがあった。シェパードとボルゾイの大型犬同士が豪快にたわむれている様子を彼女とふたりで眺めたことがあった。シェパードは甘えるようにボルゾイに身を寄せるが、ボルゾイはつかず離れずの距離を保ち、シェパードをからかっているように見えた。

あの時のシェパードと甘え方がよく似ていると回想した。首回りをなで続けると、シェパードは目を細め、鼻を俺の胸に強く押しつけてきた。

「うちの犬に勝手に触らないでください」

振り返った。両手に荷物を持った中年女性が俺を睨んでいる。

「まさか生き残っている人がいたとは」と驚いた演技をしてみたが、その意味が伝わるはずもなく、むしろ彼女の不信感は増したようだった。

「連れ去ろうとしたわけじゃないですよね？」

「すみません、ただの犬好きで」

「最近多いらしいんです。飼い主を待っていた犬がいなくなる事件」

それは俺も知っていた。電信柱や駐車場の壁に行方不明の犬を捜しているというチラシを頻繁に見かけていた。ただそれらは数日経つとはがされているようで、すぐに別の犬のチラシが貼られるのだった。

「犬が誘拐されているってことですか？」と俺は尋ねた。

「まあでもね、不思議と戻ってくるらしい。同じ場所に」

「犬自身の意志で逃げ出すケースもあるかもしれないですね。でも後悔してまた戻ってくる」

「うちの犬もそんな時がある。テーブルのクッキーなんかをつまみ食いしたあとにね。こっちが叱るより先にちゃんと反省してるっていうか」

シェパードが素早く下を向いた。飼い主が不在で寂しかったとはいえ、初対面の相手に甘えてしまったことを恥じているような仕草だった。

「うちの犬はね、身体が大きいわりに気が小さいっていうか」

「弱いから逃げるんですかね？」

「さあね、犬に訊いてみなさいよ」

俺はシェパードに顔を近づけた。

「いつ戻るのかわからない相手を待ってなきゃいけないなんてすごくつらいよね？」

立派な体軀とりりしい顔つきだが、ナイーブな犬なのかもしれない。瞳がうるんでいる。この見た目のせいで誤解を受けることも多々あるのだろう。

「この犬、写真に撮ってもいいですか？」

「変なことに使わない？」

俺はバッグから愛機の「ジャック」を取り出し、同じ目線を意識しながらカメラに収めた。

犬が口を開けたため、さっき俺の頰を舐めてくれた舌が覗いた。その表面の熱さを容易にイメージできた。

「犬を連れ去りたくなる人の気持ちもわかるし、逃げたくなる犬の気持ちもわかるような気がします」と、再度シャッターを切った。

「犬のことを『わかる』とか言っちゃう人って苦手なのよね、私。おこがましいでしょ。服を着せたりするのも。散歩の時に身体を汚したくないのはわかるけど、リボンとかフリルがついているのはね」

「装飾したっていいじゃないですか。だったら人間の食事だって基本的には水と塩だけで十分ってことになります」

「極論でしょ、そんなの。犬の本当の気持ちなんて誰もわかりはしないじゃない」

ふたりが会話している間、シェパードは舌を出し入れしながら俺と女性を交互に見やっていた。はやく帰りたがっているのだろう。ずっとここで待ち続けてようやく飼い主が戻ってきたのだ。その体感時間は実際より長いものだったに違いない。

俺はシェパードの首元に顔を埋め、少し舐めた。鋭い毛先が舌にあたって痛みが走ったあと、苦い味が広がった。決して心地良い感触ではなかったが満足感があった。

「二週間前に妻がいなくなったんです」

「だったら追えばいいじゃない。あなたは待ちぼうけの犬じゃないでしょ？」

「このドラッグストアにも捜しに来て、店内を歩き回りました。どこかに彼女がいるんじゃないかって期待しながら」

女性は両手に持っていた荷物をまとめてひとつにしてから、銀のポールに巻きついていたリードをはずした。

「世界にひとりきりになったと思えば諦めもつくでしょ。残っているのはゾンビだけ。もちろん私もそう。次の瞬間にあなたを襲うかもしれない」

彼女は真顔だった。

「せめて犬が一緒にいれば」

「やっぱり怪しい。あなたが犬を連れ去ってる犯人じゃないの?」

シェパードは身体の向きを変えて歩き出した。二度とこちらを見なかった。

俺は後ろ姿を見送りながら自分の舌先に指で触れた。彼女とキスした夜のことも、あの犬の首筋を舐めた時のことも、どちらも遠い思い出でしかなかった。

階段を下りられない犬

6

階段を下りられない犬がいた。

家の最寄り駅の改札を出て少し行くと、バスのロータリーが広がっていて、ペデストリアンデッキの階段がある。仕事帰りに信号待ちをしながら何気なく階段の上に視線を向けた時、黒いフレンチ・ブルドッグを認めた。

犬はさかんに匂いを嗅いだり階段の下を覗いたりしながら、結局はその場にとどまっていた。飼い主は制服を着た高校生くらいの男の子だったが、特に苛立つ様子もなく、犬の動きをただ静観している。

マイク・ミルズ監督『人生はビギナーズ』には犬が飼い主とともに軽快に階段を下りるシーンがある。もしあの映画の犬が階段を下りられない犬だったとしたらどうなるだろう。撮影中に監督がそのことに気づいたら、シーンをカットするか、演出を変更して俳優に犬を抱えるように指示したかもしれない。

でもあの制服姿の彼は映画の役者ではない。犬が自力で階段を下りるまで何時間でもねばるかもしれない。それは彼の意志ひとつだ。

そのフレンチ・ブルドッグは腰の位置が高く、少し後ろ脚が長いように見える。

階段を下りるとしたら頭を下にしなければならないだろうから、長い脚はその動作には不向きなのかもしれない。また、丸みを帯びた体軀は階段から足を踏みはずした途端、転げ落ちてしまいそうにも映る。怯えるのはもっともだ。

あの犬に今必要なものは何だろうか。技術だろうか、手本だろうか、勇気だろうか。

俺は胸が痛くなった。犬に自分の境遇を重ねたからだ。妻に家を出て行かれてから俺の物語は停滞している。それは行動力のない自分自身のせいなのかもしれない。

俺は犬を見つめた。もし犬が階段を下りられたなら、その姿から何かを学べるはずだし、俺自身も未来を変えられるような気がした。

制服姿の彼がブレザーのポケットからスマートフォンを取り出し、身体の向きを変えた。その際にリードが手から落ちて犬が放置される格好になった。犬は彼の方に視線を送るだけで動かない。彼は電話で話しながら歩き出し、視界から消えた。

犬だけがそこに残されている。信号が青になっても俺は横断歩道を渡ることができないまま、犬を見守り続けた。

彼はなぜいなくなったのだろう。電話に気をとられているのか、犬に罰を与えているのか、犬を試そうとしているのか。いずれにせよ、見過ごせない状況だ。俺はとっさに中腰になり、両手を広げて呼びかけた。

「しっかり受け止めるから。そこから逃げるんだ」

その声をちゃんと理解したのか、犬は片方の前脚をゆっくり伸ばし、ひとつ下の段に置いた。そこからは速かった。犬は一気に階段を駆け下り、俺の腕に飛び込んできた。

よだれを垂らす犬は明らかに興奮している。俺は落とさないように注意しながら優しく抱いた。犬は小さく吠え、身をよじっている。俺は慎重に腰を曲げて地面に下ろした。

犬は荒い息を吐きながら舌を出したあと、跳ねるように階段を上っていった。その時、長い後ろ脚は活き活きと躍動していた。きっと上るのは得意なのだろう。

俺はその犬の脚から妻を思い出していた。彼女の身体の部位の中で脚が一番好きだった。ふたりで階段を上る際はいつも後方にいて、彼女の美しい脚をさりげなく眺めては満足したものだ。

思い出が俺を悩ませる。それを振り切るようにして勢いよく階段を駆け上がった。

犬はすでにおとなしく座っていた。すぐ側に電話を耳にあてている制服姿の彼がいた。

「ちゃんと犬を見ていないとダメだ」と素早くリードを拾って渡したが、彼は小さく頭をさげただけだった。その軽薄で無責任な態度に腹立たしさを覚えた。

あの黒いフレンチ・ブルドッグと出会ってから俺は今までよりもさらに街の犬たちを意識するようになった。そんな中、ドラッグストアの前で飼い主を待っている寂しそうな犬を見かけた時は、思わず声を上げそうになった。黒いフレンチ・ブルドッグだ。すぐにあの時のことを思い出した。

俺は犬に近づいて地面に片膝をつき、「ジャック」をかまえた。連続してシャッターを切ると、それに合わせるようにして犬は身体を動かしたり表情を変化させたりした。

撮影に夢中になっていたためポールからリードがはずされたことに気づくのが遅れた。飼い主が帰ってきたのだろう。ファインダーから目を離し、笑顔を作った。無断で撮影はしたが敵意がないことを示そうと思ったのだ。

見知った人物だった。

「友部くんの家ってこっちじゃないでしょ?」

俺の声は自然とうわずった。

「引っ越したんです」

彼はそれほど驚いた様子もない。

「学校から遠くなるんじゃないの?」

「庭付きの一軒家で家賃の安い物件を見つけたんです。家自体はかなり古いですけど。それに犬が多いじゃないですか、ここら辺の地域。ドッグランのある公園も近いし」

彼と犬の話をした記憶はなかったが、彼が犬好きだと知って親近感が湧いた。

「なるほどね。一軒家なら犬が飼えるし、犬仲間を増やしたいからか」

「急いでるんで。もう行きますね」とすぐに立ち去ろうとした。

犬が口を開けて舌を出した。ますますあの時のフレンチ・ブルドッグと似ているように感じた。友部くんの後ろ姿をカメラに収めようとしてシャッターを切った時、犬がこちらを振り返った。目が合ったような気がした瞬間、彼と犬は路地を曲がった。

「あれ、犬がいない」

制服姿の男の子が戸惑っていた。

「ここにいた黒い犬」

彼のレジ袋には菓子パンと炭酸飲料のペットボトルが入っている。

「あ、このあいだ駅前で会った人だ」と彼がつぶやいた。「知りませんか？」

「言ったでしょ。ちゃんと犬を見ていないとダメだって」

友部くんの真意は不明だが、彼が悪意を持って犬を連れ去ったようには思えなかった。何より犬の方も積極的に行動をともにしているように見えた。

「何か知ってるんですか？」と彼の表情が硬くなった。

「いや何も」と俺は答えた。「犬と本当はもっと深くわかり合いたいんだけど。犬同士がお互いの身体の匂いを嗅ぐ感じでね」

あの犬の長い後ろ脚のことを考えていた。あれほど優雅な脚があればきっとどこまでも歩いていけるのだろう。そう思った時、妻の心の動きを少しだけイメージできた気がした。

ちょっとごめんなさいねと、老齢の女性が俺たちふたりの間にわけいってきた。彼女はポールにリードを巻きつけた。リードの先に毛並みのいいシェットランド・シープドッグがいる。

犬はまっすぐな視線を送ってくる。聡明さがにじむ黒く澄んだ瞳だ。

「ありがとう。わかってくれて」と俺はその瞳に向かって言った。

「あらすごい。あなたは犬と会話ができるの？」と彼女は大きく笑った。

俺は嬉しくなった。そんなことが本当にできたらとても素晴らしいのになと、素直にそう思った。

あおむけの犬

7

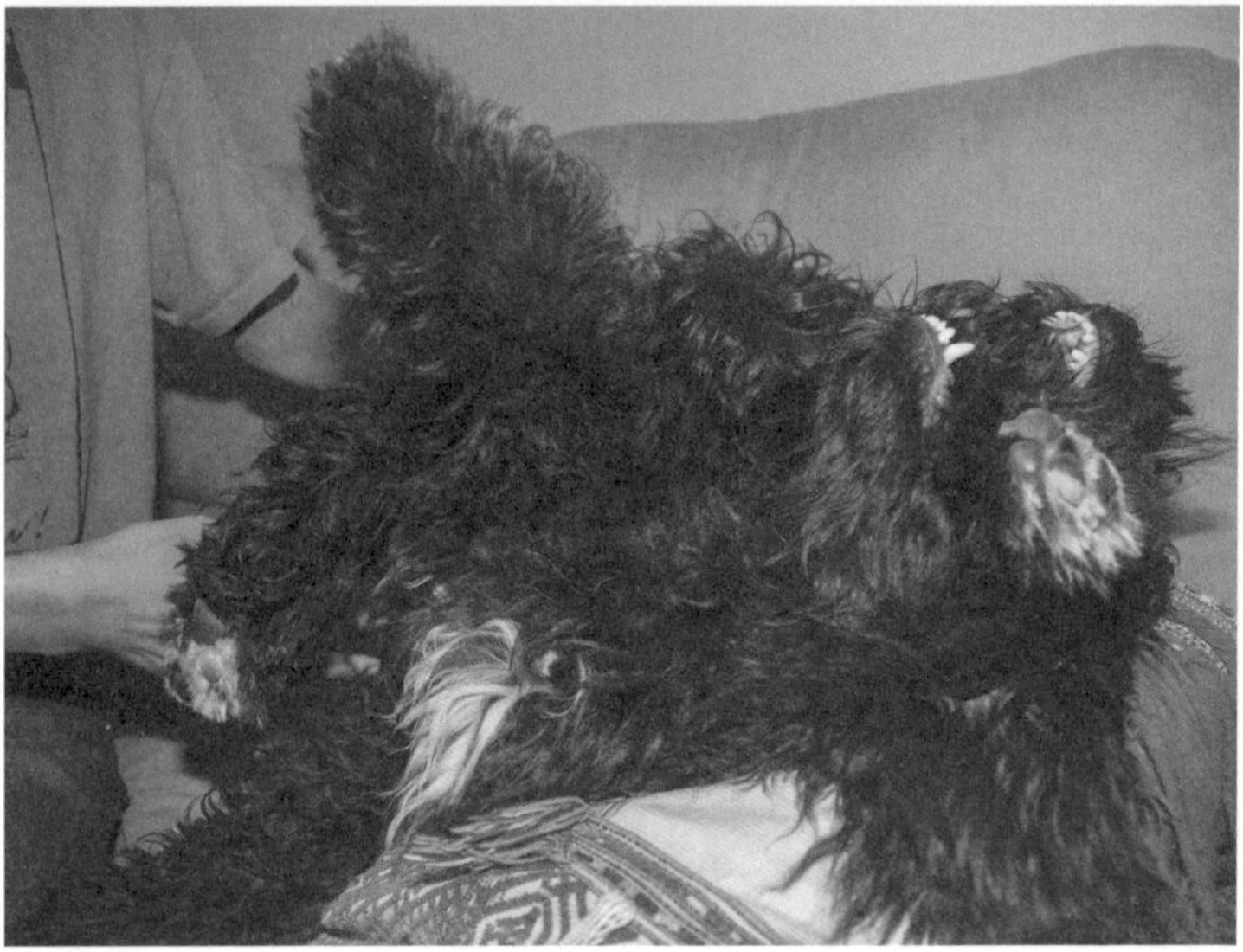

ジム・ジャームッシュ監督の『パターソン』にはブルドッグが出演している。その映画を犬たちと観ている。

友部くんが暮らす古い一軒家の和室には四十インチのテレビがあり、彼と俺の他に四匹の小型犬がいた。そのうちマルチーズとヨークシャー・テリアとペキニーズの三匹は最初からあおむけの体勢だったから、本当に映画を観ているのかどうか怪しかった。

物語が半ばを過ぎたころ、ペキニーズがいびきをかきはじめた。鼻が短い犬種はいびきをかきやすいと聞いたことがあるが、その現場に遭遇したのは初めてだった。

友部くんは三匹のおなかを順になでながらリモコンをあやつり、ボリュームをさげた。眠っている犬への配慮なのかもしれない。

ちゃんと画面を凝視しているのは黒いフレンチ・ブルドッグだけだ。座椅子に座る俺に寄り添ったまま動こうとしない。密着した身体から生温かい体温が伝わってくる。その横顔を確認すると、しっかり内容を理解したうえで夢中になっているように感じた。

「友部くんが飼っている犬たちなの？」

「違います」

昨夜、ドラッグストアの前にいた犬を連れ去った彼は、かなり手際が良かった。ここにいるすべての犬をあの要領で集めたのだろう。

「どうするつもり？」

「それぞれ元の場所に戻します。レンタル屋さんにディスクを返しに行くついでに」

映画はすでに終盤にさしかかっている。飼い主たちが家を留守にしている間、ブルドッグが大切な物を破壊してしまったため、帰宅したふたりが落胆するシーンだった。

「不用意に犬を寂しくさせてはダメですよね」

マルチーズもいびきをかきはじめた。その無防備でゆるみきった姿態を眺めながら、妻は今どこで寝起きしているのだろうかと想いを巡らせた。

妻との関係において、どちらかが飼い主でどちらかが犬だとか、そんな風に立場が定まっていたわけではないが、妻がいなくなったことをきっかけにして彼女の帰宅を待つ犬の気分になる時間が多くなった。

留守番をしている時の彼女も寂しさを抱え、何かを壊したい衝動に駆られることがあっただろうか。俺自身そういうことは何度もあったのに、ひとりきりで過ごす彼女の状態をほとんど想像してはこなかった。

「犬だって一日二十四時間を生きてるんです。飼い主には想像力が必要です」

「室内用カメラってあるよね、留守番しているペットを見守るための」

自分の過去を間接的に責められた気持ちになり、話題をそらそうとした。

「そういう問題じゃないです」

あぐらをかく友部くんの背筋はしっかり伸びている。急に彼が頼もしく思えた。

彼は偏差値の高い有名私大の学生ではあるが、仕事場では覚えの悪いアルバイトスタッフの部類であり、手先も不器用なため、映写機を扱いたいという彼の希望をいつも適当に聞き流していた。

だが自分の見立てが誤っていたのかもしれない。彼の控えめなたたずまいにボーダー・コリーの姿を重ねた。ボーダー・コリーがもっとも賢い犬種であるという研究結果を知っているがゆえの単なる思い込みなのかもしれなかったが、一度そう感じたことでイメージが上書きされた。

「映写機のことを今度教えるよ」

物語は終わり、画面はスタッフロールになった。それを合図のようにして三匹の犬が起きた。友部くんも立ちあがり、デッキからディスクを取り出した。

「そのフレンチ・ブルドッグはお願いします」と彼がディスクの穴に指を入れた

状態で言った。「例のドラッグストアに昨日と同じ時間に戻してください。飼い主はそのタイミングで捜しに来るはずです」

「飼い主に俺が見つかったら？」

「むしろ感謝されますよ」

俺がイメージしたのは、知らない誰かと妻が家を訪ねてくる場面だった。もしそんなことが起こったら俺はどんな行動をとるだろう。ふたりを罵倒するのか、それとも感激して思わず頭をさげてしまうのか、自分でも予測がつかなかった。

フレンチ・ブルドッグに顔を向ける。犬もこちらを見つめている。秘密を分かち合っている仲間のようだった。犬は素早くあおむけになった。俺は笑った。俺の心をなごませようとしているのかもしれない。犬の飼い主の男子学生はこの犬のことを想って胸を痛めているだろうか。

「では行きましょう」

「自信がない。散歩させたことなんてない」

「犬を大切にする気持ちがあれば自然と適切な行動がとれます」

友部くんの家を一緒に出て十字路で左右に別れた。三匹の犬を連れた彼の後ろ姿を見送ったあと、視線を落とした。犬が俺を見あげていた。赤い首輪に赤いリードがつながれている。

「苦しくない？」と声をかけたが、犬は応えない。

歩きはじめてすぐ、リードをどのくらいの長さでキープすれば良いのかと戸惑った。自分の方に寄せるべきなのか、ある程度自由にさせるべきなのか。立ち止まって迷っていると、乱暴な運転の自転車がすごいスピードで迫ってきた。慌ててリードを手に巻きつけて犬を足元に近づけた。

犬は地面や電信柱に鼻を押しつけ、臭いを嗅ぎながら進む。足早になったり、突然角を曲がったりする。その不規則な行動に振り回されて気が抜けない。

側溝のふたの穴やわずかな段差や店舗前のスロープの傾斜にも注意が向き、風の温度や街の音にも敏感になり、世界が立体的になったように感じられた。意識が鋭くなったため神経が消耗して疲れはしたが、よく見知った風景に新鮮な驚きを見いだしていた。

携帯電話が振動した。「無事に返却しました」という友部くんからの連絡だった。それは映画のディスクのことなのか、犬たちのことなのか、詳細は不明だったが「お疲れ様でした」とだけ返信した。

ドラッグストアに着き、銀のポールに犬のリードをつないだ。はやくこの場を離れた方が良いと頭ではわかっていたが、飼い主が現れないケースを想像すると、簡単には動けなかった。

「かわいい犬」

幼稚園の制服を着た女の子が声をかけてきた。

「ありがとう」と早口で答えた。せわしなく辺りに視線を送る。俺は一体誰を待っているのだろうか。

国道を走っていたバスが減速して少し先で停車した。音を立てて前側のドアが開き、たくさんの人が降りてきた。街灯の薄明かりだけを頼りにして、そのひとりひとりの顔を懸命に確認した。

「お名前は？」と女の子は俺と犬を交互に見ている。

「ない」

女の子は笑いながらたわいのない質問を次々にぶつけてくる。まともに答えるのが面倒になり、こちらからも彼女に尋ねた。

「おうちで留守番している時は何をしているの？」

「勉強。うちはね、お部屋の天井にカメラがある。パパとママが外で見てる」

「嫌じゃないの？」

「しょうがないでしょ。カメラがないとわかんないんだもん。パパもママも私のこと」

俺はとっさに犬に視線を投げた。座っていた犬が突然寝転んだ。女の子は手を叩いて喜び、あおむけになった犬のおなかをいつまでも丁寧にさすっていた。

犬の温かい脇の下

8

人の体重を正確に当てるのが得意だった。

特別な能力があったわけではない。対面する相手の両脇に手を入れて持ち上げる単純なやり方だ。ジムのベンチプレスで身体を鍛えることに夢中だった二十代のころの話だ。

これは女性たちには非常にウケが悪かった。試させてほしいと申し出ても、初対面の相手はもとより、ある程度仲の良い知人ですらかたくなに拒否した。

でもまれにそれをおもしろがってくれる女性がいた。妻もそうだった。彼女は俺の友人が飲み会に連れてきた会社の後輩だった。自己紹介の時に名前や職業と一緒にその特技を明かした途端、彼女は立ちあがり、「今ここで私にやってみせてください」と明るく笑った。

人との相性を探ることは難しい。男女の関係となるとなおさらだ。接点を見いだせない相手に好意を向けて懸命にアプローチをくり返しても、結局は徒労に終わるケースがほとんどだろう。

その点、俺の特技は面倒な駆け引きをはぶき、シンプルにする面があった。これをおもしろがってくれる女性とは感性が似ているとすぐにわかる。そのやりとりを入口にして意気投合し、友人になったり、つき合ったりすることができた。

俺は将来の妻になるその女性を軽々と持ち上げ、「洋服の分をさし引くと四十二キロだね」と発表した。この時のコツは実際に体感した体重よりわざと少なく見積もることだ。「すごい。正解です」と彼女は大げさに驚いた表情を浮かべたあと、こっそり微笑んでくれた。

俺たちはみんなから拍手をもらい、並んで座った。改めてビールで乾杯する。

彼女は自然な華やかさを備えていて、目と耳が大きいのが特徴だった。その雰囲気からパピヨンを連想した。

「映画館で働いてるんですよね？　好きな映画って何ですか？」

彼女からの質問に変に身構えずにいられた。相手の女性の体重をすでに知っているという事実は、コミュニケーションにおいて特別なアドバンテージなのかもしれない。

「好きな映画はたくさんあって決められないけど嫌いな映画は即答できる。犬が死ぬ話」

彼女は大きくうなずいた。

「わかります。ソフィア・コッポラの『マリー・アントワネット』とか。映画の中でフランス革命が起きて人がたくさん死んだ時、犬だけは絶対に死なないでほしいって私も思ってました」

「好きな犬種は？」

「パグですかね。見た目に愛嬌があるから。実家で飼っていたし」

そんな会話を交わした十数年後、彼女が離婚を切り出して家を出ると宣言した最後の夜、俺は彼女の脇の下に手を入れて持ち上げた。最近はめっきり運動をしなくなって筋力が落ちていたから、少しよろめいた。彼女は文句を言いながら足をばたつかせた。むかしのように微笑んではくれなかった。

『マリー・アントワネット』にはたくさんの犬が登場するが、最初に出演するのはパグだ。オーストリアの大公の娘であったマリー・アントワネットの愛犬という設定で、彼女がフランスのルイ十六世の元へ嫁ぎに国境を越える際、離れ離れになる。

パグの両脇に他人の手がさし込まれ、彼女の元からいなくなる。彼女は泣き出しそうな表情を浮かべるが、過去を捨てなければ新しい世界に進めないことを覚悟して、悲しい別れを受け入れるのだ。

史実においては、マリー・アントワネットが愛した犬はパピヨンだといわれている。だからフランスで彼女が王妃になってからはパピヨンが登場するのだろうと思いながら映画を観ていたが、予想に反し、彼女はまた別のパグを飼っていた。

監督の演出の真意はわからないが、パピヨンがパグに代わるだけで物語が内包する意味は変わってくる。当たり前だが、パグはパピヨンではない。あの映画への違和感を今も鮮明に思い出せる。

俺たちふたりの関係にもそれに似た感触がある。俺は妻をパピヨンだと思ったが、本当はパグだったのかもしれない。初めて彼女と会った時、俺は運命を感じた気になったが、きっとお互いの感性は根本の部分でズレていたのだろう。だから見知らぬ誰かの手が彼女の脇の下に伸び、彼女を持ち上げてどこかへ連れ去ってしまったのだ。

俺はまだドラッグストアの前から動けずにいた。銀のポールにはリードが巻かれており、その先に黒いフレンチ・ブルドッグがいて、こちらを見あげている。妻のことを思い出して落ち込んでいる俺に対し、同情でも嘲笑でもなさそうな視線を向けてくる。

俺は膝を折って犬に顔を近づけた。犬は後ろ足だけで立ちあがった。俺はとっさに両脇に手を入れて身体を支え、持ち上げた。

犬の足が地面から浮いている。犬にとっては不自然な状態なのだろうが、特に嫌がる様子はない。犬の脇の下はとても温かい。それだけで慰められた気持ちになる。寂しい夜に確かな体温を持った生き物が側にいてくれたらどれだけ心が休まるだろう。

「体重は十二キロだね」と俺は話しかけた。「正確な数字を言ったよ。別に恥ずかしくないでしょ？」

犬は舌を出して自分の鼻を舐め、小さなくしゃみをした。

「うちの犬だ」と声がした。振り返ると例の男の子がいた。「その変なくしゃみ」

俺は平静をよそおった。「さっき通りかかったら戻ってましたよ」

「ありがとうございます」と彼は頭をさげ、「心配したぞ」と犬に向かって微笑んだ。俺のことは特に疑っていないようだった。

「さあ帰ろう」

彼はためらいなく犬の脇の下に手を入れ、俺の腕の中から犬を奪った。犬の短い尻尾が小刻みに揺れる。

彼と犬がいなくなってもそこにとどまった。また別の新しい犬がこの銀のポールにつながれるのを期待していた。

向こうの角からパグとパピヨンを連れた三十歳くらいの派手な女性が現れた。性格がまったく違いそうなその二匹の犬を同時に飼う心理とはどういうものなのだろうか。

彼女は柑橘系の香水の匂いをただよわせている。慣れた手つきで二匹のリードを銀のポールに巻きつけ、店内に消えた。

目の前にパグとパピヨンがいる。パピヨンは左右に落ち着きなく歩き回り、甲高い声で何度も吠える。パグはそれを気にする素振りも見せず、ゆっくりと身体を伏せた。おなかだけでなく、あごも地面に付けてしまっている。

俺は二匹を交互に見やり、比較した。どちらの犬が俺と気が合うのだろうか。

ドラッグストアに視線を向けるが、飼い主の彼女が出てくる気配はない。身体が熱くなる。犬を連れ去りたいという衝動が強く芽生えた。

パピヨンに向かって手を伸ばした。その脇の下に手を入れようとした瞬間、犬は素早く身をかわして唸り、鋭い歯をむき出しにして俺の右手の親指を嚙んだ。

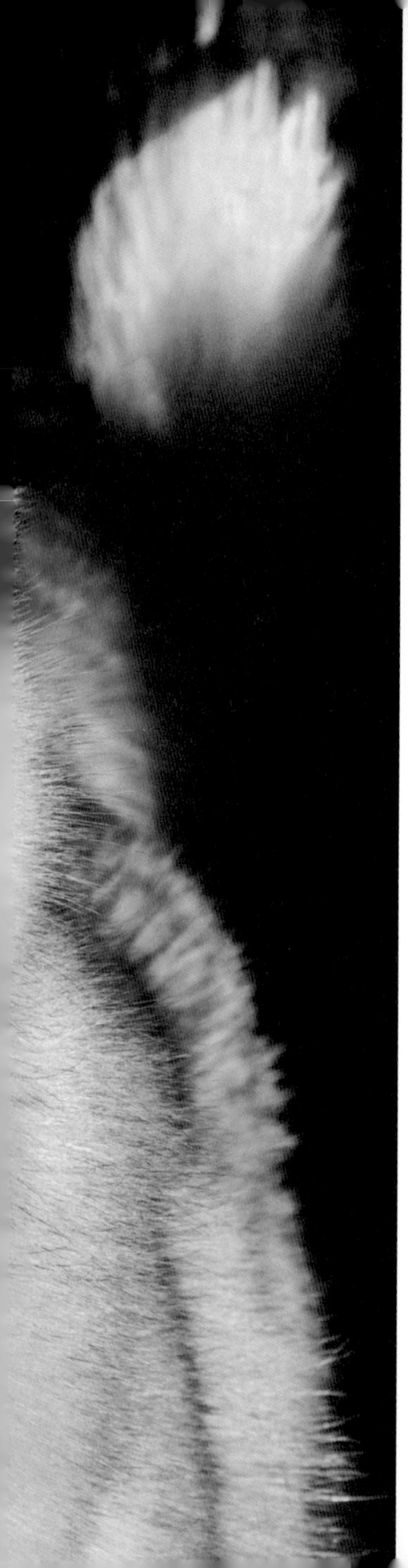

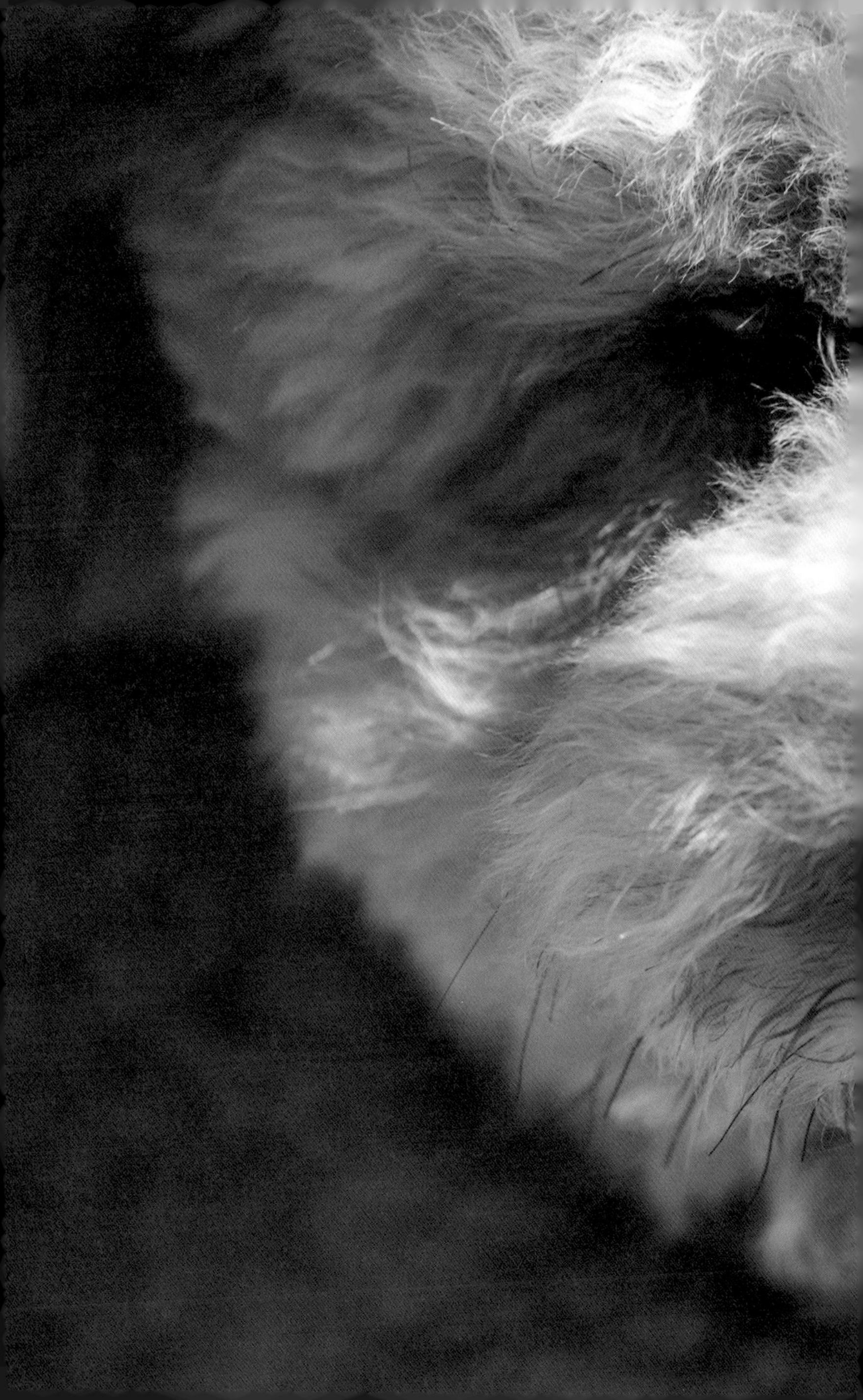

犬の爪で地面が鳴る

9

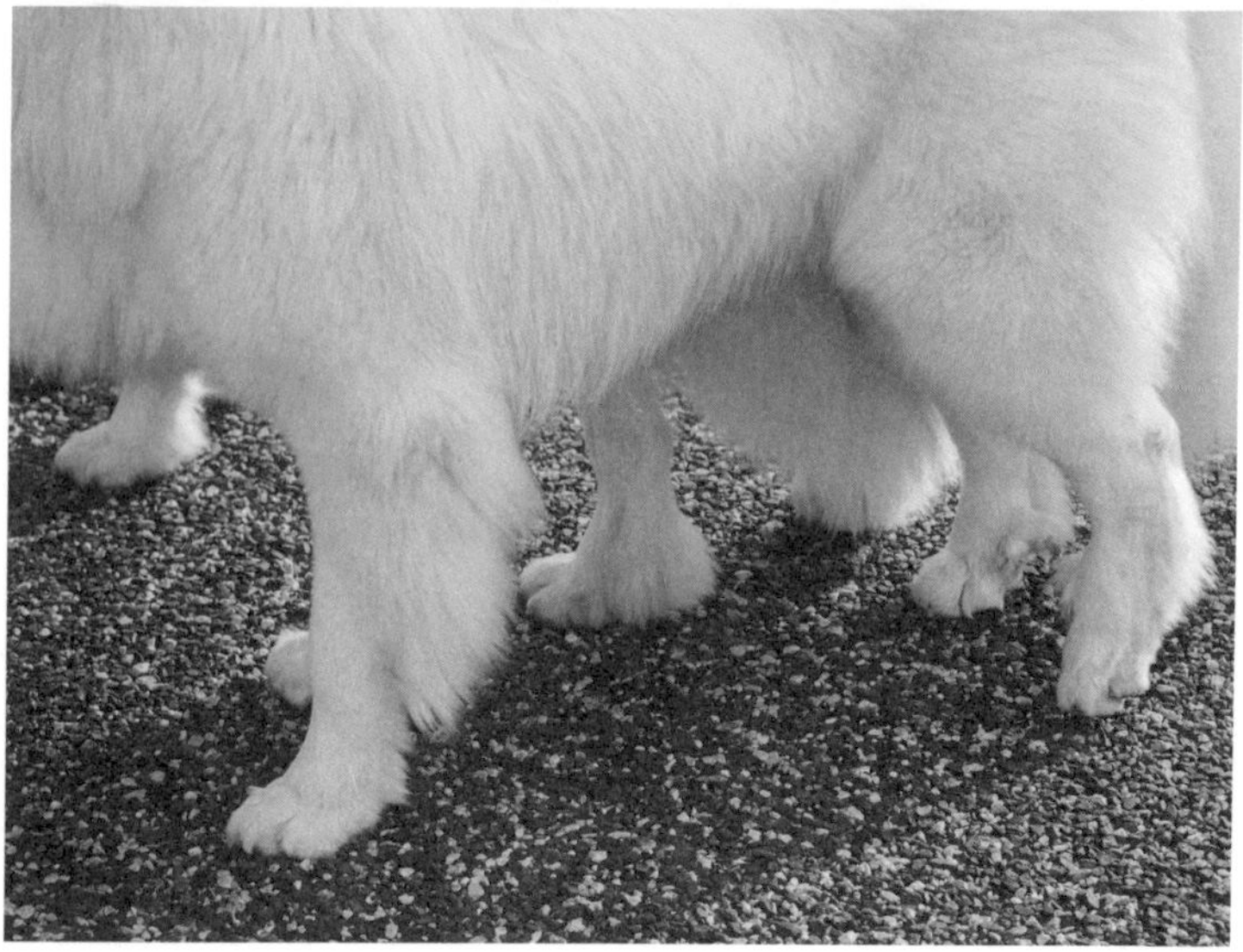

友部くんに映画のフィルムのつなぎ方を教えていた。

「フィルムの端にある二本の線が音声信号。それを目安にすれば表と裏を間違えないから。ひとつひとつ慎重にやるんだよ」

俺は右手の親指に包帯を巻いていた。そのため手本を見せられず、口頭で伝えただけだったが、彼は手際良くスプライサーをあやつって作業をこなしていく。犬のおなかをなでた時と同じ丁寧さでフィルムのつなぎ目に貼ったスプライシングテープをこすり、きちんと気泡をつぶしてしっかり密着させた。その手つきを見て、さらに複雑な仕事を教えても良いだろうと思った。

「次は映写機の構造とかフィルムのかけ方だね」

「指、どうしたんですか？」

「犬に嚙まれた」

「あの黒いフレンチ・ブルドッグに？」

「違う。パピヨン」

それって比喩か何かですかと、彼は笑った。

「どういう意味？」

彼はリワインダーの電源を入れ、回転速度を少しずつ上げた。リールが回転して徐々にフィルムが巻き取られていく。

「あんな風に犬が歯をむいて噛みついてくるとは思わなかった」

「中途半端に怯えるからいけないんですよ」

フィルムの巻き取りが終わったため、リールの回転が自動で遅くなる。

「犬は完璧に見抜きますからね」と、友部くんは真顔になった。

『ホワイト・ゴッド　少女と犬の狂詩曲』という映画には、飼い主の少女と離れ離れになった犬が様々な困難の末に凶暴化し、久しぶりに再会した少女に向かって歯をむき出しにして威嚇する場面がある。少女は後ずさりするが、犬にむかしを思い出させるように懸命にコミュニケーションを図る。

「あの映画と一緒です。まずは犬を信じ切ることが大事。次は頑張ってください」

「絶対に無理。だって一度噛まれたんだよ？」

俺は右手を掲げ、わざとらしく顔をしかめた。


仕事終わりの帰り道だった。担々麺と水餃子が人気の中華料理屋の側の街灯に青いリードが巻かれ、柴犬が放置されていた。ガラスの向こうの店内を覗くと、中年の男女の客がカウンター席に一組だけいて、壁のメニューを眺めている。その男性の横顔が柴犬によく似ていたから、あの人が飼い主なのだろう。

犬は立ったり座ったりをくり返している。凶暴な感じには見えなかったが、パピヨンに噛まれたトラウマがあったため、警戒しながら距離を詰めた。犬の口がわずかに動く。今にも歯をむき出しにするのではないかと身構えた。

「ジャック」を取り出した。カメラ越しに向き合うと、不思議と恐怖心が消えた気がした。視線の高さをそろえてシャッターを何度か切り、カバンに仕舞った。犬を見つめながら胸に手をあてる。ここに怯えが潜んでいるのかどうかよくわからず、犬の確かな目を通して自分の本当の感情を知りたいと願った。

俺はもう一度中華料理屋に目を向けた。男性はビールを飲みながらカウンター内の店主に対して何か叫んでいる。俺は素早く街灯からリードをはずした。

リードを手に巻きつけて犬を足元に寄せる。歩くスピードはどれくらいが良いのだろうか。はやく立ち去りたいという焦りと、犬のペースに従いたいという気持ちがせめぎ合う。

柴犬が先に歩きはじめた。どこに行くのか決まっているような迷いのない足どりだ。犬の爪で地面が鳴る。その軽快な音がとても新鮮だった。犬の足音を意識して聴いたのはこれが初めてかもしれない。

俺は小走りで犬を抜き去り、両手を後ろに回して犬の前を歩いた。そうすると犬は視界から消え、普段と変わらないひとりきりの帰路に戻る。でも耳を澄ませば違いがわかる。後方であの音が小さく鳴り続けている。俺は振り返る。すぐそこに犬がいる。その瞬間、妻との思い出が蘇った。

飲み会で知り合ったあと、妻と正式に交際する前に何度かふたりきりで会った。あれは終電を逃した彼女のためにタクシーを拾おうとして俺がひとりで先にバーを出た時だった。繁華街を走り抜け、国道沿いの歩道に出た。アルコールのせいで足元をふらつかせながら息を切らして来た道を振り返った。

彼女はゆっくり歩きながら好奇心にあふれた目で左右を眺めていた。初めて地球を訪れた宇宙人が人間に擬態して街に降り立ち、その夜の美しさに感動しているような仕草だった。彼女の靴音だけがやけにはっきり聴こえた。俺が見落としている世界の秘密について彼女は何か気づいているのかもしれないと感じ、酔いが一気に醒めた。

あの夜を回想しながら犬を観察する。柴犬はパンケーキのような色合いだ。尻尾は「の」の形にくるりと巻かれ、コンパクトに収まっている。地面の臭いを嗅ぎながら時々身体を揺らしている。俺も犬にならい、自分の鼻に意識を集中する。犬の体臭をかすかに嗅ぎとることができた。

犬が俺と一緒にただ歩いている。それだけのことなのに、今自分はかけがえのない瞬間を生きているのではないかという想いで胸がいっぱいになった。

すれ違いざまにこちらに笑顔を向けてくる老人がいる。わざわざ立ち止まり、犬を見つけたことを母親に教える少年がいる。黒い柴犬を連れた人が路地から出てきた時は互いに驚き合ったあと、短く挨拶を交わして別れた。その間もずっと犬の足音は聴こえている。俺はあらゆる感覚を研ぎ澄まし、全身で犬の存在を感じていた。

手を伸ばせば背中に触れることもできた。犬の毛は思ったよりも硬く感じられたが、なで続けているうちにその適度な刺激が心地良くなり、夢中になった。犬はずっと目を細めたまま俺のなすがままにされている。尻尾を伸ばすとどうなるのだろうかと試してみたら、すぐに元の形に戻った。

このまま犬を自分の家に連れ帰っても良いものだろうか。大学生の時にひとり暮らしの自分のアパートに同級生の女の子を初めて招いた夜を思い出した。あの時よりもずっと緊張している。

トイレはどうするのだろうか。どこでどんな体勢で眠るのだろうか。何を好んで食べるのだろうか。何を快適に思い、何を不快に感じるのだろうか。部屋の温度や湿度はどれくらいを保てば良いのだろうか。汚れた足はどうやって洗えば良いのだろうか。

犬のことに関しては先輩である友部くんに急いで連絡した。

「犬のことを色々教えてください。よろしくお願いします」

「スプライシングテープの中に入った気泡はちゃんと指でつぶしてね」と返信が

あった。昼間の映写室で俺が伝えた言葉だ。

「どういう意味？」と送ると、「ひとつひとつ慎重にやるんだよ」と返ってきた。

「大丈夫。結構見込みあるから。自信持ってやりなよ」と続く。

それらは全部、今日俺が彼に言ったフレーズだった。

「まずは犬を信じ切ることが大事」

今度は俺が彼にもらった言葉を送信した。笑っている犬の顔のイラストが彼からすぐに戻ってきた。

犬があごを乗せる

10

バスルームで柴犬の汚れた足を洗う。慣れない作業なので犬の背中を不用意に濡らしてしまったが、どうにか前足は終えることができた。

後ろ足に関してはどうすれば良いだろうか。右手の親指のケガのせいもあり、中途半端な支え方になってしまう。犬の右後ろ足を右手で持ち上げ、左手でポンプ式のシャンプーボトルの頭を押し、少量の液体を手のひらに乗せる。それを急いで足の裏にこすりつけようとした途端、犬が激しく身体を震わせたため手を放してしまった。犬の濡れた身体から水が飛び散り、俺の目に入った。

作戦を練り直す必要があると思った。洗面器に溜めたお湯の中に犬の足を入れて立たせ、その中で洗う方法を試すことにした。犬の後ろの片足を一瞬だけ持ち上げ、素早く洗面器を滑り込ませる。再びシャンプーを出す。犬の脚の中央部辺りを優しくつかみ、手首を軽くひねりながら徐々に下へ滑らせていく。

上手くいきそうな感じだった。おとなしくしている犬を見ていたら、妻が戻ってきた感覚があった。なぜそんな錯覚が起きたのかすぐにはわからなかったが、犬からただようシャンプーの匂いのせいだと気づいた。

それは妻が愛用していたシャンプーだった。ボトルに目を向けると、「ダメージを受けた貴方の大切な髪のために」と書かれている。ノンシリコンの高価なオーガニックシャンプーだと彼女は言っていた。俺のシャンプーが切れた時に勝手に使うと、ものすごい剣幕で怒られたものだ。どれだけすすいでもミントの匂いが残るらしく、鼻の利く彼女にいつもバレてしまうのだ。

慌てていたとはいえ、彼女のシャンプーを犬の足を洗うために贅沢に使ってしまい、罪悪感が芽生えた。だが、その懐かしい匂いのおかげで今自分はひとりではないと感じることができた。

犬に付いた泡をシャワーで洗い流し、タオルで拭いた。ドライヤーをかけるべきか迷ったが、犬自身はその湿った足を気にしていないように見えた。

犬がダイニングキッチンに向かった。その爪がフローリングの床を鳴らす。犬はあらゆる物の匂いを嗅ぐことですべてを把握しようとしているようだ。

この賃貸マンションを選んだのは妻だった。物件探しの内見の時、彼女はいつも最初にキッチンを調べる。設備の古さや使い勝手を気にしているのかと尋ねたら、それだけではないと答えた。前の住人が大切に使っていたかどうかがもっとも重要なのだという。クリーニングの済んだこぎれいなキッチンでどうやってその痕跡を見抜くのか俺にはわからなかったが、彼女なりの着眼点があるようだった。

犬が冷蔵庫の前でさかんに鼻を鳴らしている。空腹なのかもしれない。犬用のペットフードを買ってくる必要がある。

ただ気がかりなのはこのマンションがペット不可の物件であることだ。連れ込んだ時は誰にも見つからなかったが、俺がいない間に犬が吠えたり暴れたりしたら、他の住人に怪しまれ、管理会社に通報される危険性がある。数年前にその手のトラブルがあり、不動産会社の担当者から「絶対に規約を破らないでくださいね」と警告を受けていた。

犬が椅子の脚を何度もひっかいた。何をしているのか最初は理解できなかったが、椅子に座りたいという意思表示なのだと気づいた。椅子を大きく引くと、犬は軽やかに飛び乗り、腰を落とす。テーブルに鼻を近づけ、何かを探しているような仕草をくり返す。やはり食べ物をほしがっているようだと察した瞬間、犬と目が合った。

妻がそこにいると思った。俺と彼女は共働きで家事は当番制であり、夕食の担当もそうだった。彼女は椅子に座り、料理をしている俺をただ眺めながら黙って待っている時があった。

犬は視線をそらさない。俺はとっさに呼びかけようとした。でも上手く声が出ない。妻のことを何と呼んでいたのかすぐには思い出せなかった。

「夕食当番を忘れていたわけじゃない。ごめん。故障した映写機の修理で残業したから少し疲れてたんだ」

俺はテーブル上の財布を手にし、外に飛び出した。ドラッグストアにもペットフードが売っていたはずだ。急いでいたら、先ほど犬を連れ去った現場に戻る形になった。中華料理屋の側の街灯周辺に中年の男女と、黒いラブラドール・レトリバーを連れた恰幅のいい若い男性がいた。犬は街灯の根元の臭いを嗅いでいる。

身体がこわばった。あれは探偵犬だと思った。黒いラブラドール・レトリバーの写真に「探偵」と赤文字で書かれたポスターを街中で見かけたことがあった。『ザ・ギフト』という映画には、犬が誘拐される場面がある。俺はあの映画を家で観ていた時、犬がいなくなったシーンで一時停止し、スマートフォンで検索をかけた。ネタバレもいとわずにこのあとの展開を事前に知ろうとした。もし犬に悲劇が訪れて飼い主の元に戻らないストーリーなら、これ以上観るのを止めようと思ったのだ。

フィクションですら犬が誘拐されることに胸を痛めていたはずの俺が、今はその犯人であるという事実に愕然とした。後ろめたい気持ちを抱えたまま横を過ぎる。ラブラドール・レトリバーは俺の動きを追って首を振ったようだが、犬嫌いをよそおい、絶対にそちらを見ないように努めた。

ドラッグストアで柴犬専用のドライフードを買い、中華料理屋の前を避けて少し遠回りして戻った。

玄関ドアを開けた時、犬がいなくなっているかもしれないと不安がよぎった。あの眼光の鋭い有能そうな探偵犬がこの場所を突き止めた場面を想像する。

ダイニングキッチンに入る。柴犬は先ほどと同じ体勢で椅子に座ったままだ。非常に落ち着いている。この犬はもしかしたら大物なのかもしれない。俺はスープ用の皿を二枚食器棚から取り出し、片方の皿にドライフードを山盛りにして、もう片方には水を注いだ。

犬の背筋が伸び、姿勢がさらに良くなった。その堂々とした態度に感心した。敬意を払いたくなった。給仕になった気分で深く一礼してから、それぞれの皿を犬の前に静かに置く。妻と一緒に暮らしはじめたころは夕食を作って彼女の反応を見るのを楽しみにしていたが、いつの間にか料理が面倒で適当になり、彼女もわざわざ感想を告げることはなくなっていた。

「口に合うかどうかわかりませんが」と俺はもう一度頭をさげた。「手抜きで申しわけありません」

犬は水をひと舐めしたあと、ためらうことなくドライフードを食べはじめた。慌てることなく奥歯できちんと嚙み砕いているのがわかる。しっかり味わっているのかもしれない。

俺は「ジャック」を手にして向かいの席に座った。犬が食事している様子を何枚か収めた。犬はすべて食べ終えると丁寧に皿を舐めた。皿からこぼれ落ちた粒も舌を伸ばして口に運んだ。俺は皿を片付けた。

犬は満足したのか、テーブルにあごを乗せて休むような体勢になった。俺も真似てみた。自然と目の高さが合う。俺は「ジャック」をテーブルの端に置いた。犬と俺と「ジャック」が三角形のそれぞれの頂点になった格好だ。

このカメラで犬や風景を撮ってきたが、自分自身を写してこなかったことに今さらながら少し驚いた。ファインダーを覗き、犬と自分の位置がフレームに収まることを確認した。セルフタイマーをセットして席に戻り、背中を丸め、犬と同じように再度テーブルにあごを乗せる。

視界の隅で赤い光が数回明滅する。シャッターが切られるまでのカウントダウンだ。俺と犬は見つめ合ったまま、少しも動かなかった。

耳が動く犬

11

食事を終えると眠くなるのは犬も同じなのかもしれない。柴犬はカタカナの「コ」の形で床に寝転んでいる。

その寝姿を横目で確認しながら、パソコンで「探偵犬」や「捜査犬」や「追及犬」などと検索をかけた。警視庁の警察犬のページにも辿り着き、そこから他の類似サイトも調べてみる。警察犬には直轄と嘱託の二種類があること、足跡追及や臭気選別や犯人確保などの活動内容があること、各都道府県警察の中には警察犬を写真付きで個別に紹介している場合もあることなど、どれも非常に興味深かった。

家の近所で犬たちが一時的に行方不明になる事件が多発しているが、たぶんすべて友部くんの仕業だろう。この柴犬はその犯人捜しのおとり捜査としてわざと放置されていたのではないかと急に不安になった。

警察犬の犬種を紹介しているサイトをもう一度開く。ゴールデン・レトリバーやドーベルマンやボクサーなどの大型犬が主であり、柴犬は極わずかだったが、その狭い枠の中で選ばれた特別な犬なのかもしれない。

もう一度柴犬に目をやる。犬の耳が動いている。眠っているように見せかけているだけで俺をだましているのだろうか。

妻に出て行かれてから俺の独り言は増えた。職場では友部くんにたびたび指摘されたが、その時点ではまったく自覚がなく、自分が声を発していることに気づいていない。さっきキーボードを叩きながら「この柴犬は警察犬で潜入捜査のためにわざと誘拐されたのかもしれないぞ」とあくまで心の中でつぶやいたつもりだった。だが、無意識のうちに声を外に漏らしていて、犬に聞かれてしまった可能性がある。

探偵犬とおぼしきあの黒いラブラドール・レトリバーだけでも十分脅威なのに、この柴犬が警察犬だとしたら逃げ場はない。

『運び屋』という映画には、車で麻薬を運ぶ男が運悪く警察犬と遭遇するシーンがある。男はとっさに痛み止めのクリームを手のひらに大量に塗り込み、警察犬の鼻を覆うようにして無理矢理その匂いを嗅がせる。犬の嗅覚を混乱させる作戦は成功し、無事難を逃れる。

この局面を乗り切るためには、あの映画の男のように何かしらのアイデアが必要だろう。その答えはシンプルだった。犬をあの場所に今すぐ戻しに行けばいい。

犬に近づいておなかまわりを丁寧になでた。こうやって直接触れると、この犬が潜入捜査のような重大な使命を帯びているようにはとても見えなかった。明らかにリラックスしている。手を動かすたびに犬の毛が抜けて指にからんだが、それさえもその存在の確かな証明だと感じられて愛おしかった。

「ジャック」で犬を様々な角度から写した。犬はずっと目を閉じたままだ。撮影している間にも、この犬を戻しに行くという決意に変化はなかった。

撮影した写真を確認した。強い喪失感に襲われた。犬はまだ目の前にいるのに、いなくなった未来を思い描いてしまう。出会ってからそれほど時間は経っていないのに、ずいぶん長く一緒にいた気がした。

もう一度犬をなでた。シャンプーの匂いが鼻を突く。こんな手つきで妻の髪をすいた時もあったはずだ。犬が喉を鳴らして起きあがった。また犬の両耳が動く。俺は動揺した。油断して独り言をこぼしてしまったのかもしれない。犬の聴覚は嗅覚と同様に人間より優れているらしいから、小さな声でも聞き逃しはしないのだろう。

胸にひっそりと隠してきた数々の秘密をどの程度この犬に打ち明けてしまったのかわからなかったが、この犬を信頼する気持ちが芽生えたのは、犬が耳を動かすだけで態度や表情を変えないからなのかもしれない。

犬にリードを着けて外に出る。犬が用を足すかもしれないと考え、ビニール袋に適量のトイレットペーパーを入れ、ペットボトルの水も持った。犬と一緒にいることが特別ではなく、日常的な出来事のように感じられた。仕事の疲れもあり、犬の散歩を面倒だと思う気持ちも理解できたし、その感情に含まれるささやかな幸福感も自然とイメージできた。

　犬が立ち止まり、電信柱の根元を嗅ぎはじめた。その様子をしばらく眺めていたため、黒いラブラドール・レトリバーが接近していることに気づくのが遅れた。中華料理屋にいた中年の男女と恰幅のいい若い男性とともに、あの黒い大型犬がいた。闇にまぎれて存在を上手に消している。やはり探偵犬に違いないと身体がこわばった。

「あなたの犬ですか？」

　中年の男性が声をかけてきた。彼の顔は近くで見ても柴犬にそっくりだった。

「勝手に後ろをついてきたんです。だから一時的に保護しました」

　俺はあらかじめ用意していたウソを披露した。

「やっぱりリードがはずれたんだ。危なかった」と中年の女性が安堵の表情を浮かべ、腰を落として柴犬を抱きしめた。彼女が吐く息にはアルコールの匂いが混じっている。このまま演技を続ければごまかせるはずだ。

「駅前の派出所に行くつもりでした。犬も拾得物の一種ですよね、たぶん」

　そう言って笑おうとしたが、頬の筋肉は動かなかった。ラブラドール・レトリバーの視線を感じたからだ。すべてを見透かされている気持ちになり、口元を隠すようにして手でぬぐった。

「良い匂いがする。ミントかな。知らない匂い」と中年女性が犬に鼻を押しつけた。

若い男性がラブラドール・レトリバーの首元に手を置きながら低い声で言った。

「クリント・イーストウッドの映画で犯罪者が警察犬を匂いで惑わして逃げるシーンがあるんです。なんていう映画だったかな」

彼は犬の動きを制しているように見える。こちらを疑っていて探りを入れているのかもしれない。

「それは『運び屋』です。映画館で働いているから映画には詳しいんです。犬が出てくる映画って名作が多いですよね。『恋愛小説家』や『スナッチ』、あとは古いのだとイタリア映画の『ウンベルトD』ね。あれはほんと泣けます」

余計な知識を披露していることに自分でも気づいていた。ウソつきは饒舌になると聞いたことがあるが、ごまかそうとしているからこそ軽口を叩いてしまうのだろう。

「まあ、いずれにせよ、飼い主さんとこうやって再会できて良かった」

リードを中年の男性に渡すと、彼は無言で頭をさげた。

柴犬の尻尾が左右に大きく揺れている。その姿を写真に収めたかったが、今ここでカメラを取り出すわけにはいかない。でも何とかしてこの別れの瞬間を自分の中に強く焼きつけたかった。

言葉だ。的確な言葉で犬の状態を冷静にスケッチすれば良いのだ。

思い出せないことに限って思い出したくなるとか、つまらない自意識のせいで美しい場面を不用意に壊してしまうとか、失ってからその貴重さに気づくとか、そういう過ちを少しでも減らさなければならない。あとになって哀しくなったり、苦しんだりするのはなるべくもう終わりにしたかった。

時間を止めることはできないにしても、どうにか形にしていつまでも忘れずにいたい。でも今はまだ言葉が出てこない。犬が遠ざかっていくのをただ眺めることしかできなかった。「また必ず会おうね」と、俺は心の中で叫んだつもりだった。その言葉が俺の口から漏れてしまったのではないかと焦った。

とても静かだ。人も犬も振り返らない。柴犬の耳だけがかすかに反応したように見えた。

12

犬たちの多彩な毛色と毛並み

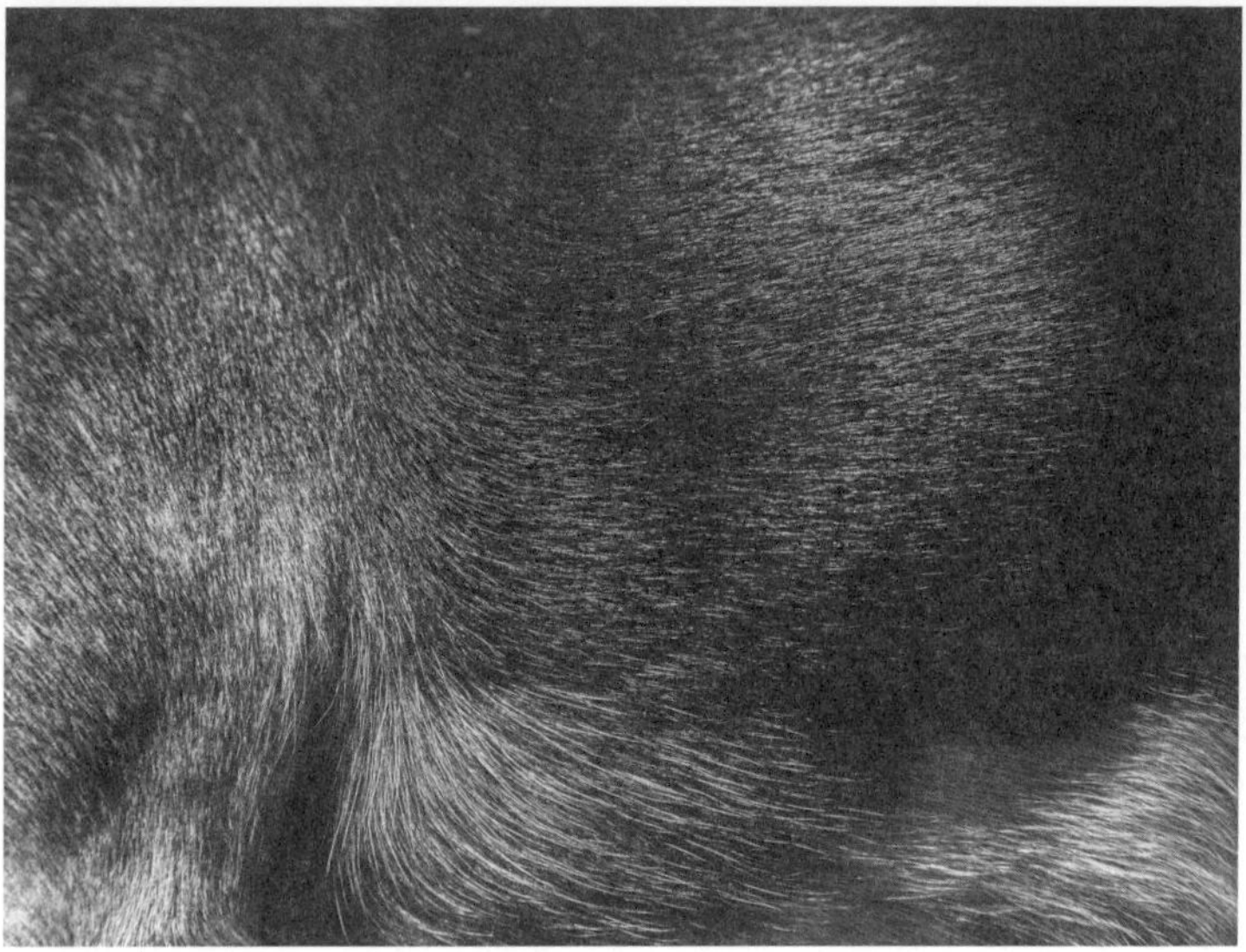

ジャン＝リュック・ゴダール監督『さらば、愛の言葉よ』という映画には、男女の断片的な物語の合間に一匹の犬がしばしば登場する。水辺にたたずんでいたり、雪の上にあおむけで寝転がったり、ソファでくつろいだりする姿はどれも自然な様子だ。

ひるがえって人間はどうだろうか。「自然」とは一体どの状態を指すのだろうか。少なくとも自分にカメラが向けられている時には、人はたいてい社会的なふるまいをするのではないか。

この「カメラ」とは他者と同義なのかもしれない。俺は妻の前では決して自然ではなかっただろうし、彼女もそうだろう。社会的であることによって物事が円滑に進む場合も多いが、時に破綻をもたらすこともあるはずだ。

その点、犬はとても上手くやっているように見える。人間たちの要望に応えて「お手」や「おすわり」をする社会性を備えている一方、道端でおしゃべりに興じる婦人たちの足元で大あくびをしてそのまま眠ったりしている。その姿はとても自然だ。

「ほら、サモエドやグレート・ピレニーズもいます」

ぼんやりと考え事をしていたら友部くんが唐突に話しかけてきた。慌てて左右を見る。大小様々な犬たちが周りにいて一緒に歩いている。犬には体軀の違いだけでなく、数多くの犬種があり、多彩な毛色や毛並みがある。それぞれに見た目の特徴や性質の違いはあっても、どの犬もとても魅力的だ。

この先にはドッグランを備えた大きな公園があり、今日は「犬たちのフェスティバル」と題されたイベントが開催されている。友部くんはこの手の情報をこまめにチェックしていて何度も足を運んでいるらしく、「合法的に犬と接触できて最高ですよ」と俺を誘ってくれた。

犬たちの服やペットフードを売る店などが出店し、犬種別のパレードがあったり、徒競走や早食い競争などのゲームもおこなわれているとのことだった。

「犬を連れていないと浮くんじゃないの？」と俺は心配した。

「これから犬を飼おうとしている人を演じればいいんです。犬のことを詳しく尋ねたり触ったりしても不審がられません」

妻が出て行った冬が終わり、すっかり春の陽気だ。この冬の寒さは特別に身にこたえたから、気候が暖かくなったことで少しは寂しさがまぎれた気がした。

「犬も季節がわかるのかな？」と尋ねると、「当たり前じゃないですか」と友部くんが即答した。

「たとえば戌年に気づく犬もいますからね」

「冗談でしょ？」

「戌年は初詣に犬を一緒に連れていく家庭がすごく増えるんです。参拝の列に並びながら、『なんで神社に連れてこられたのかな？』ってきっと犬も不思議に思うでしょうけど、カンの良いのは絶対に見抜きます。『あ、これは自分たちの干支がはじまったんだな』って」

友部くんは時々こんな風に現実と妄想が混ざった話をするが、奇をてらったようなわざとらしさがなく、とても「自然」だ。彼の目から見れば人間と犬にたいして違いはないのかもしれない。

そんな風に自由な発想で日々を楽しむ術を、俺自身も少しずつ手に入れはじめていた。見落としていた風景のおもしろさに反応できたり、他人とのコミュニケーションを工夫してみたり、新しいものへの怯えが少なくなったのは、あの柴犬と過ごした時間があったからで、明らかに思考が柔軟になった。

そのおかげだろうか、仕事の突発的な事故やトラブルにもそれほど慌てることがなくなった。それは、自分以外は他者なのだという当たり前の事実に対し、苛立ちよりも喜びが勝っている感覚で、あらゆる偶発的な出来事をおおむね楽しめるようになっていたからだ。

「向こうからもたくさん来ますね。オーストラリアン・ラブラドゥードルやチャウ・チャウも」と友部くんが明るく笑う。

公園が見えてきた。犬たちが続々と集い、そこを目指している。カートに収まっているミニチュア・シュナウザーが近くにいて、ベビーカーに乗っていた子供時分を思い出した。あのころはいつも誇らしい気持ちだった。風景はいつだって感動に満ちていたし、風の温度で季節の微妙な変化を感じとることもできた。

そんな感覚を完全に失っていたわけではないのだと気づいた。すっかり忘れていただけだ。

公園に入ってすぐ、両脇にテント式の店舗がずらりと並んでいる。その間をたくさんの犬たちが行き来している。

「犬たちのシャンゼリゼ通りですね」

友部くんはそうつぶやくと、手当たり次第に飼い主に話しかけ、犬との合法的な接触をはじめた。俺は犬の数に圧倒されて少し酔った感じになり、友部くんと離れ、公園の奥にあるドッグランをひとりで目指した。犬たちの声が四方から聴こえる。心の中で響く心地良いざわめきのようだった。

ドッグランは比較的静かだった。「犬たちのフェスティバル」には色々な所から参加者が集まってきているのだろうが、ここは常連の人たちだけがいて、いつもとさほど変わらない様子なのかもしれない。

俺はドッグランの外に設置されている木のベンチに座り、ポケットから「ジャック」を取り出し、空に向けてシャッターを切った。

「ほら、邪魔しちゃダメ」

振り向くと秋田犬がすぐ側にいた。その後ろに俺と同い年くらいの女性がいて恐縮している。

「ごめんなさい。カメラが好きな犬なんです」

「撮っていいですか？」と俺は笑顔を返し、秋田犬を何枚か写した。その画像をカメラのモニター画面で確認しているうちに過去にさかのぼっていき、今までに撮った犬たちの姿に見入って、いちいち手が止まった。

「良い写真ばかりですね」

「みんないなくなっちゃいました」

女性は何かを察したようで硬い表情になったが、「ここは初めてですか？　一緒に入りませんか？」と誘ってくれた。俺は秋田犬の背中に触れた。柴犬の足だけでもあんなに苦労したのだから、この大型犬の身体を洗うのは相当大変だろうと想像した。

「犬をなでると安心します」

「新しい犬にきっとまた出会えますよ」

ドッグランの中には名前を知らない犬たちがたくさんいた。じゃれ合ったり、匂いを嗅ぎ合ったり、追いかけっこをしてそれぞれの方法で楽しんでいるようだったが、フェンス際でじっとしている茶色いポメラニアンだけはこの場になじんでいないように見えた。

俺は膝を落として両手を広げ、ポメラニアンに向かって呼びかけた。犬はその声に反応してこちらを見たが、動き出しはしない。

いつまでも待てるように思った。いつまでも待ちたかった。

犬を見つめながら唐突に引っ越すことを考えた。今度はペットと一緒に住める物件にしよう。犬を飼うかどうかはまだわからないけれど、準備だけはしておこう。

そんな風に決意したことを、どうにかして妻に知らせたいと自然に願っていた。

本書に登場した映画とその中の犬たち

▼『ザ・ロイヤル・テネンバウムズ』（ウェス・アンダーソン、二〇〇一年）
個性的なキャラクターが多数登場する中、どうしても犬に目がいく作品

▼『カンフー・マスター！』（アニエス・ヴェルダ、一九八七年）
どの犬も登場時間は短いのに印象深く、その点だけでも作品の素晴らしさがわかる

▼『希望のかなた』（アキ・カウリスマキ、二〇一七年）
監督の愛犬が出演。監督と愛犬との記録であり、思い出の共有でもある

▼『25時』（スパイク・リー、二〇〇二年）
演技をしない犬がいるだけで、場面に明るさが生まれることを証明している

▼『アイ・アム・レジェンド』（フランシス・ローレンス、二〇〇七年）
犬の躍動感が美しい。犬の存在のありがたさを強く実感できる物語でもある

▼『人生はビギナーズ』（マイク・ミルズ、二〇一〇年）
日常の風景に犬が溶け込んでいる。その楽しさにあふれている作品

▼『パターソン』（ジム・ジャームッシュ、二〇一六年）
とてもユーモラスな犬。道を歩く姿だけでも十分に微笑ましい

▼『マリー・アントワネット』（ソフィア・コッポラ、二〇〇六年）
パグとの別れの場面の寂しさが最後まで響いているように感じられる物語
▼『ホワイト・ゴッド 少女と犬の狂詩曲』（コーネル・ムンドルッツォ、二〇一四年）
犬が暴れたり吠えたりしても、どうにかして寄り添えないかと思わされる作品
▼『ザ・ギフト』（ジョエル・エドガートン、二〇一五年）
物語の小道具のような犬。生々しい野性が少しでも垣間見えると嬉しくなる
▼『運び屋』（クリント・イーストウッド、二〇一八年）
物語上、無能な警察犬として扱われる損な使われ方のため、犬に同情してしまう
▼『恋愛小説家』（ジェームズ・L・ブルックス、一九九七年）
人と人の間に犬がいることで、人と人がつながる物語
▼『スナッチ』（ガイ・リッチー、二〇〇〇年）
どの犬たちも個性的で、豪華な役者陣の中でも見劣りしない存在感がある
▼『ウンベルトD』（ヴィットリオ・デ・シーカ、一九五二年）
芸達者で健気な犬。何度もジャンプするシーンが印象的。寝姿も愛らしい
▼『さらば、愛の言葉よ』（ジャン＝リュック・ゴダール、二〇一四年）
犬の状態が様々に撮られている作品。水辺にたたずんでいる姿が特に好き

［コメント＝太田靖久］

あとがきに代えて

時々、前を歩く犬に釣られる。犬の動きに従い、思わず角を曲がる。目的とは異なる方向だ。焦りが生じるが、なかなか止められない。

それは、夢の中で夢だと気づいてなお、その世界に浸り続けたいと切望する感覚に似ている。

様々な犬が夢に登場する。犬の感触は生々しく、夢であることを忘れそうになるが、冷徹な理性は風景の底に潜んでいて、白々しい光ですべてを溶かしてしまう。

立ち止まる。犬の匂いが遠ざかる。ゆっくり目覚める。

犬の夢を頻繁に見るようになったのは、愛犬が亡くなってからだ。それ以来、夢でも現実でも、犬たちのことを強く意識し、観察するようになった。

時々、犬を追っているところを猫に見つかる。恥ずかしさを覚えながら、軽く頭をさげる。

猫に会ったら必ず挨拶すると決めている。猫の後ろをついて行ったことは一度もない。

著者略歴

太田靖久｜おおた・やすひさ

小説家／1975年神奈川県生まれ。2010年「ののの」で第42回新潮新人賞を受賞。著書に『サマートリップ 他二編』（すばるDigital Book、集英社、2019年）、『ののの』（書肆汽水域、2020年）。文芸ZINE『ODD ZINE』を企画編集。古本にオリジナルの創作を載せた帯を付けて販売するブックマート川太郎の店主。Twitterで犬をめぐる自由律俳句を不定期につぶやいているほか、ブログ「いぬの看板」でさまざまな市区町村の犬の看板を紹介している。

金川晋吾｜かながわ・しんご

写真家／1981年京都府生まれ。神戸大学卒業。東京藝術大学大学院美術研究科博士後期課程修了。作品集に『father』（青幻舎、2016年）。2010年三木淳賞、2018年さがみはら写真新人奨励賞受賞。近年の主な個展に「同じ別の生き物」（アンスティチュ・フランセ、2019年）、「長い間」（横浜市民ギャラリーあざみ野、2018年）など。

犬たちの状態

2021年4月25日　初版発行

小説　太田靖久
写真　金川晋吾

デザイン　小池俊起
編集　臼田桃子［フィルムアート社］

印刷・製本　シナノ印刷株式会社

発行者　上原哲郎
発行所　株式会社フィルムアート社

〒150-0022
東京都渋谷区恵比寿南1-20-6 第21荒井ビル
tel 03-5725-2001　fax 03-5725-2626
http://www.filmart.co.jp/

Printed in Japan
ISBN978-4-8459-2032-7 C0093